# 소확행

지은이  배연국

"
소소하지만
확실한
행복
"

글로세움

사람들은 묻는다. 어떻게 살아야 하느냐고? 잘 사는 게 어떤 것이냐고? '잘 사는' 것은 '잘사는' 것과는 분명히 다르다. 재산을 많이 갖고 떵떵거리며 사는 것을 의미하지는 않으니까.

잘 사는 것이란 행복한 삶을 가리키는 게 아닐까 싶다. 행복은 모든 이들이 바라는 소망일 테니 말이다. 그런데 참 이상하다. 사람들은 입으로는 행복을 되뇌면서 더 많이 갖는 일에만 매달린다. 돈, 명예, 권력 따위를 많이 가질수록 행복도 덩달아 늘어날 것처럼 행동한다. 그렇지 않다. 소유의 양과 행복의 양은 별 상관이 없다. 그것은 잘살게 해줄지는 몰라도 우리를 잘 사는 곳으로 인도하진 않는다.

행복의 사전적 의미는 '만족과 기쁨을 느끼어 흐뭇한 기분이 드는 상태'를 뜻한다. 흐뭇한 기분을 가지려면 먼저 기쁜 일이 있어야 한다. 풍광이 빼어난 모로코 해변을 걷는 것, 값비싼 선물 받는 것, 행운의 추첨에 당첨되는 것, 시험에 합격하는 것…. 이러한 좋은 일들이 우리에게 기쁨을 주는 것은 분명하다. 하지만 그런 일이 살면서 과연 얼마나 되겠는가. 하루 일과를 가만히 살펴보면 24시간 중에 아마 30분도 채 안 될 것이다. 그저 그런 일들이 대부분을 차지한다. 만약 기쁜 일만 행복이라고 여긴다면 행복의 총량은 크게 줄어들 것이다.

행복하게 잘 살기 위해서는 소확행小確幸의 자세가 필요하다. 소확행은 '소소하지만 확실한 행복'을 가리킨다. 일본 작가 무라카미 하루키가 수필집에서 '갓 구운 빵을 손으로 찢어 먹는 것, 서랍 안에 반듯하게 접어 넣은 속옷이 잔뜩 쌓여 있는 것, 새로 산 정결한 면 냄새를 맡는 기분' 등을 행복의 사례로 열거하면서 유행한 말이다.

진정한 행복이란 작고 소소한 것에서 느끼는 즐거움이다.

따뜻한 모닝커피, 북적이는 지하철, 사람들이 걸어가는 모습을 보고도 즐거움을 느낄 수 있다면 당신은 언제 어디서나 행복할 수 있는 사람이다.

　당신이 지금 행복하지 않다면 행복의 커트라인을 너무 높게 설정한 까닭이다. 커트라인만 낮추어 작은 일상들을 기쁨으로 받아들인다면 행복하지 않은 일들이 별로 없을 것이다.

　일상이 행복이다. 범사에 감사하라.


2018년 여름

배연국

나는 잘 살고 있을까

# Chapter 1

# 삶은
# 계란이오

내
사람의
돛단배

집에 드나들 때 꼭 거쳐야 하는 곳이 현관玄關이다. 집이나 건물의 입구를 가리키는 이 말은 원래 불교에서 유래되었다. '현묘玄妙한 도道로 들어가는 관문關門', '불도로 귀의하는 문'이라는 뜻이다.

인생은 항해에 비유된다. 각자 성공과 행복을 향해 부지런히 노를 저어가는 것이 사람의 일생이다. 그 항해의 출입구가 집의 현관인 것이다.

현관이 항구라면 우리가 신는 신발은 돛단배에 해당한다. 신발은 아무 불평 없이 내가 원하는 장소로 데려다 준다. 나의 무게를 온몸으로 감당하면서 딱딱한 대지 위를 운항한다. 사람들은 저마다 신발이란 돛단배를 타고 아침에 항구를 떠나 저녁에 귀항한다.

현관에 신발이 어지럽게 놓여 있다면 항구에 정박한 배들이 넘어진 격이다. 하루의 항해가 잘 될 리 없다. 절에서 수행자들에게 '조고각하照顧脚下'라고 해서 자기 발밑부터 살피라고 가르치는 것도 이런 까닭이다. 그 사람의 신발이 나뒹굴고 있다면 마음이 어지럽다는 반증이니까. 세상을 구제하는 거창한 명분도 좋지만 자기 신발 하나 가지런히 놓지 못하는 사람이라면 자격을 의심받을 수밖에 없다.

예전엔 나의 집 현관에도 가족들의 신발이 너저분하게 흐트러진 적이 많았다. 아들의 돛단배 한 짝은 저쪽에, 딸의 돛단배는 반쯤 전복된 채 벽체에 걸쳐져 있었다. 마치 태풍을 맞아 항구가 초토화된 것처럼.

그 광경을 보고 있자니 그만 마음이 심란해졌다. 아이들을 불렀다. 전원 집합!

"이제부터 자기 신발은 자기가 정리하자."

일장 훈시 끝에 함께 신발을 정돈했더니 마음까지 가지런해지는 것이었다.

모든 일은 시작이 중요하다. 하루의 시작은 아침이고, 그 시발역이 현관이다. 오늘의 삶을 최상으로 가꾸려면 하루의

출발부터 달라야 한다. 어부들이 출항 전에 용왕굿을 지내
는 심정으로 하루를 맞을 일이다.

인생이란 백년이 걸리는 긴 항해이다. 온갖 고난과 실패
의 파도가 엄습한다. 그런 험난한 바다로 나아가면서 비나
리 하나 없이 출항해서야 되겠는가.

현관은 세상의 무대로 나아가는 항구이다. 저마다 삶에서
'현묘한 도'를 이루기 위해 인생 항해를 시작하는 출발점이
다. 기도하는 마음으로 오늘 하루를 출항할 일이다.

로마의 신상처럼

유머 한 토막. 중년의 한 여인이 심장마비로 병원에 실려 왔다. 거의 죽음 직전에 저승사자를 만났다. 왜 지금 죽어야 하느냐고 울먹였더니 사자는 앞으로 30년을 더 살게 해주겠다고 했다.

이승으로 돌아온 여인은 예쁜 모습으로 멋지게 여생을 보내고 싶었다. 내친 김에 얼굴을 팽팽히 잡아당기고 불룩 나온 뱃살도 없앴다. 그런데 성형수술을 마치고 병원을 나서다 앰뷸런스에 치여 그만 숨지고 말았다.

다시 저승에 간 여인이 따졌다.

"30년은 더 살 거라면서요?"

저승사자가 대답했다.

"못 알아봤느니라."

우스갯소리로 흘려 넘길 일이 아니다. 공항 출입국관리소에서는 여권 사진과 실물이 달라 일일이 대조하느라 직원들이 진땀을 뺀다. 매일 벌어지는 웃지 못할 풍경이다. 10대부터 성형외과의 문을 두드린다고 하니 성형중독에 빠진 사람들이 많을 수밖에 없다.

몇 해 전 서울 강남의 유명 성형외과에서 '턱뼈 탑'으로 물의를 빚은 적이 있다. 성형기술을 과시하기 위해 수술 환자들의 뼈를 모아 병원 로비에 전시하면서 벌어진 일이다.

여성은 가슴을 풍만하게 보이기 위해 인공물을 삽입하고, 얼굴을 갸름하게 만들려고 턱과 광대뼈를 깎는다. 키를 높이기 위해 정강이뼈를 자른 후 인공물을 덧대기도 한다. 그러다 보니 TV 출연자의 얼굴이 서로 엇비슷하고, 조금 전 길거리에서 보았던 여성이 방금 또 지나가는 모습을 보게 된다. 나 아닌 내가 되려고 끊임없이 깎고 덧댄 결과이다.

성형 중독은 자신감의 부족에서 비롯된 현상이다. 자신감은 삶의 에너지 역할을 한다. 자신의 진정한 가치를 알지 못하면 자연히 삶의 의욕이 떨어질 수밖에 없다. 우리말 '아름답다'에서 '아름'은 '알다know'에서 유래되었다. 아는 만큼 보이고 보이는 만큼 사랑할 수 있는 법이다. 진정으로 자신의 가치를 아는 것이 아름답게 사는 첫걸음이다.

팝가수 마돈나도 자기 가치를 알고 나서 세계적 가수의 길에 들어설 수 있었다. 그녀는 어릴 적에 못생긴 외모로 고민이 많았다고 한다. 그런 마돈나에게 무용 선생인 크리스토퍼 플린이 진심 어린 칭찬을 건넸다.

"고대 로마의 신상처럼 아름답구나!"

그 한 마디가 그녀의 심장에 쿵 하고 박혔다. '아, 나도 아름다운 사람이구나!' 마돈나는 열등감을 떨쳐내고 열심히 노력하게 되었다. 마침내 세계인들이 부러워하는 팝의 여왕 자리에 올랐다.


내면의 에너지는 자기가 자신을 인정할 때 비로소 솟아날 수 있다. 자기를 부정하면 외부의 적이 아니라 내부의 자신과 싸우느라 아까운 시간과 에너지를 소진하게 된다.

당신은 세기의 여배우 그레이스 켈리나 엘리자베스 테일러를 부러워할지 모른다. 하지만 그레이스 켈리가 될 수도, 되어서도 안 된다. 얼짱보다 자신의 진짜 얼굴을 찾는 일이 중요하다. 그것이 '얼짱 인생'을 사는 비책이다.

목숨 사용 설명서

가깝게 지내는 분이 교통사고를 냈다. 평소 자주 다니던 소로에서 차가 둔덕 아래로 굴러 떨어졌다. 차는 폐차해야 할 정도로 만신창이가 되었다. 사고 당시 그는 잠시 정신을 잃었지만 몸은 긁힌 자국 하나 없이 멀쩡했다. 기적이었다.

나중에 보험회사 직원이 와서 "차 주인이 누구냐?"고 물었다. "내가 차 주인이오."라고 했더니 깜짝 놀랐다고 한다. 그분은 사고 후에 "차만 죽이고 사람은 살린 데에는 분명히 신의 뜻이 있을 것"이라고 했다. 좀 더 마음을 비우고 이웃에 베풀고 살라는 뜻이라며 환하게 웃었다.

1983년 대한항공KAL 여객기가 사할린 상공에서 소련 전투기의 미사일에 맞아 승객과 승무원 269명 전원이 사망하는 대참사가 벌어졌다. 당시 미국 기업에서 일하던 젊은 한인 연구원이 한국으로 가기 위해 이 비행기 좌석을 예약했다고 한다. 그는 동료들과 작별 인사를 나눈 뒤 뉴욕 케네디 공항으로 향했다. 얼마 후 항공기가 격추되자 그의 이름이 TV로 보도되었다. 그런데 이게 웬일인가! 사망자 명단에 올랐던 연구원이 다음날 회사에 나타난 것이다.

자초지종은 이랬다. 공항에 도착한 그는 탑승 수속을 밟기 위해 여권을 내밀었다. 항공사 직원은 이미 티켓팅이 되었다고 말했다. 내막을 알아보니 탑승자 명단에 자기와 똑같은 이름이 둘이나 예약되어 있었다. 항공사 직원이 중복 예약된 것으로 착각해 하나를 취소했고, 결국 먼저 공항에 도착한 다른 사람이 타고 가다 변을 당한 것이었다.

세월이 한참 지나 이 연구원은 다시 한국행 비행기를 타게 되었다. 퍼스트 클래스에 앉으려는데 옆자리에 있던 중년 여성이 자기 이름을 보더니 눈물을 글썽였다.

"KAL기 피격으로 죽은 내 동생 이름과 똑같아요."

그 후 그는 "신께서 나를 살리신 데에는 그만한 이유가 있을 것"이라고 주위에 입버릇처럼 말한다.


사명使命이란 나의 목숨命을 어떻게 사용使用할 것인지에

관한 '목숨 사용 설명서'이다. 지상의 모든 존재는 고유한 사명이 있다. 무엇을 위해 나의 생명을 사용할 것이냐? 그것은 각자 다를 것이다. 그러므로 내가 살아가는 나만의 존재 이유를 찾아야 한다. 나에게 필요한 것은 삶의 목적이 아니라 '나의 목적'이다.

세상을 떠나는 날, 묘비에는 두 개의 날짜가 새겨질 것이다. 하나는 태어난 날이고, 나머지 하나는 죽은 날이다. 그 빈 공간에 무엇을 채우느냐는 순전히 나의 몫이다.

시인 타고르는 시집 《기탄잘리》에서 "신이 어느 날 문득 죽음의 광주리를 우리 앞에 내밀었을 때 우리는 과연 그 광주리에 무엇을 담아놓고 이 세상을 떠날까?"라고 노래했다. 빈손으로 와서 빈손으로 가는 게 인생이라지만 신에게 텅 빈 광주리를 내밀 수야 없지 않은가.

지구 한잔을 를 쓰다

자기에게 꼭 맞는 직업을 만나기란 매우 어렵다. 자기가 하고 싶은 일을 직업으로 택했다면 인생에서 행운을 거머쥔 것이나 마찬가지다. 하지만 그보다 더 필요한 자세는 내가 하고 있는 일을 좋아하는 것이다.

셰익스피어가 런던의 한 레스토랑에서 식사를 하고 있었다. 손님들은 위대한 작가에게 인사를 건네며 경의를 표했다. 온통 시선이 그에게로 향했다. 그때 그곳에서 청소를 하던 한 젊은이가 투덜대며 빗자루를 던져버렸다. 그러고는 구석진 의자에 앉아 땅이 꺼져라 한숨을 내쉬는 것이었다. 이를 본 셰익스피어가 청년에게 다가가 물었다.

"자네, 왜 빗자루를 내던졌나?"

"선생님은 많은 사람들로부터 존경을 받고 있는데 저는 고작 선생님의 발자국이나 닦고 있으니, 제 자신이 너무 한

심해서 그럽니다.”

대문호가 청년의 어깨를 감싸 안고 말했다.

“그렇지 않네. 자네와 나는 같은 일을 하고 있다네. 나는 펜으로 신이 지으신 우주의 한 부분을 표현하고 있고, 자네는 그 우주의 한 부분을 깨끗하게 청소하고 있지 않나.”

세상에 하찮은 직업은 없다. 하찮은 게 있다면 자기 일을 대수롭지 않게 생각하는 태도이다. 자기 직업을 무가치하게 여기면 삶이 지루하고 건조해질 것이다. 그런 삶을 살지 않도록 자기 일에 소명의식을 가지라는 게 셰익스피어의 당부이다.

소명은 영어로 '보케이션vocation'이라고 한다. 이 말은 '부르다'라는 뜻의 라틴어 '보카티오vocatio'에서 유래했다. 예전에 사제들이 신의 특별한 부름을 받았다고 해서 생긴 말이다.

보케이션이란 단어는 직업이란 의미로 많이 쓰인다. 직업은 인간이 각자 처한 삶의 위치에서 책임과 의무를 다할 수 있도록 신께서 부여한 천직이라는 것이다. 다시 말해 꿀벌은 꽃에서 꿀을 따는 것이 천직이고, 고양이의 천직은 쥐를 잡는 일이다. 지상의 모든 생명체에게는 각자 그에 적합한 일이 부여되어 있다는 게 천직 의식이다.

자기 일에 소명을 느껴야 한다. 내가 지금 마당을 쓸고 있다면 지구의 한 모퉁이를 비질하는 것이다. 꽃나무에 물을 주고 있다면 지구 한쪽을 예쁘게 꾸미는 중이다. 우리들 각자는 신성한 소명을 수행하는 신성한 존재이다.

인생

열차

우리 모두는 '인생 열차'에 탑승한 승객이다. 그 열차는 절대 왕복 티켓을 발행하지 않는다. 티켓은 모든 승객에게 단 한 장뿐. 부자이든, 빈자이든, 최고 권력자이든, 이름 없는 민초이든. 열차는 한 번 출발하면 다시 되돌아올 수도 없다.

"환불은 절대 안 돼요."

당신이 열차 티켓을 구입할 때 아마 창구의 직원은 당신에게 그렇게 속삭였을 것이다. 그런 말을 들은 적이 없다고? 그것은 별로 중요치 않다. 당신의 이의를 받아줄 법정도 없고, 티켓을 물릴 방법도 없으니까.

이승에 태어나는 순간, 당신을 태운 인생 열차는 이미 출발의 기적을 울렸다. 다들 알고 있지 않은가. 아기들이 엄마의 뱃속에서 나오자마자 삼신할머니가 어서 나가라고 엉덩이를 찰싹 때린다. "으앙!" 그것이 바로 인생 열차의 출발을 알리는 기적소리이다.

어쨌든 열차는 매일 쉬지 않고 달린다. 설혹 앉은 자리가 마음에 들지 않을지라도 당신은 여행이 끝날 때까지 절대 하차할 수 없다. 당신에게는 오직 한 가지 의무만 주어졌을 뿐이다. 인생 여행에서 최고의 기쁨을 누리는 것!

아메리카 인디언들은 아이가 성년이 되면 '조건부 옥수수 따기'를 시킨다고 한다. 옥수수 밭에서 한 개의 옥수수를 따되 한 번 지나간 길로는 다시 되돌아갈 수 없고, 이미 딴 옥수수는 다른 것으로 바꿀 수 없다는 조건이다.

'일수불퇴'의 규칙은 청년들을 무척 곤혹스럽게 만든다. 자신이 선택한 결과에 만족감을 표하는 이들이 별로 없다. 대부분 더 좋은 옥수수를 갖겠다는 욕심에 아무것도 따지 못했거나 막판에 볼품없는 옥수수를 땄기 때문이다.

인생은 인디언의 옥수수 따기와 같다. 자기가 선택한 일이 잘못되었더라도 다시 되돌릴 방법이 없고, 왕년의 화려했던 시절로 돌아갈 수도 없다. 컴퓨터를 재부팅 하듯 처음부터 새로 시작하는 기회는 주어지지 않는다. 그러니 지금 이 순간이 최상의 삶이 되도록 각자 최선을 다하는 수밖에. 인생에서 리셋은 없으니까.

서두르면 축복이 없다

일전에 동해안 여행을 다녀오면서 사람들이 점차 여유를 잃어가고 있다는 생각이 들었다.

강원도 양양까지는 새로 고속도로가 시원스레 뚫려 있었다. 예전 굽이굽이 산을 돌아가던 곡선 길은 수십 개의 직선 터널로 바뀌었다. 오랜만에 자연의 넉넉함을 느끼고 싶었으나 다른 차와 경주하듯 목적지를 향해 쌩쌩 달리느라 아름다운 풍광은 거의 보지 못했다.

고속도로가 뚫리면 차량의 주행 시간은 과거보다 크게 단축된다. 사람들은 그만큼 잉여 시간을 갖고 더 여유롭게 삶을 보낼 수 있을 것이다. 그러나 실상은 정반대이다. 생활은 고속도로가 있기 전보다 더 바빠졌고 마음의 여유는 더욱 줄어들었다. 차가 고속도로를 달리듯 인간 역시 '삶의 고속도로'를 질주하기 때문이다.

지방에서 온 사람들은 서울 사람들의 빠른 걸음걸이에 놀란다. 에스컬레이터 위를 바삐 걸어가는 모습은 이제 흔한 광경이 되었다. 서울만 그렇지 않은 모양이다.

예전에 영국 심리학자들이 세계 32개 도시의 보행 속도를 조사했더니 10년 만에 평균 10%나 빨라졌다고 한다. 경제가 발전하고 인구가 조밀해질수록 속도가 빨라지는 것이다. 걸음걸이가 가장 빠른 싱가포르의 경우 아프리카 도시들보다 세 배나 빨랐다.

기계화 덕분에 장시간 노동에서 해방이 되었으나 정작 생활의 여유는 줄고 있다. 광속의 시대에 인간의 행동이 광속으로 빨라지다 보니 마음의 느긋함을 상실한 탓이다. 시간적 여유가 늘었지만 그것을 즐기지 못하는 현대인! 의료기술이 발달한 후에도 온갖 질병과 스트레스가 목숨을 위협하는 것은 이런 모순된 삶의 자세 때문이 아닐까.

생활이 바쁠수록 마음의 긴장을 느긋하게 풀어놓을 줄 알아야 한다. 머리와 손발을 쉬게 하면서 자기 내부를 충전하는 과정이 필요하다.


한자 바쁠 망忙은 마음 심心과 죽을 망亡으로 이루어져 있다. 마음이 죽는다는 뜻이다. 바쁘게 서두르면 삶의 맛과 여유를 잃게 된다는 것이다.

아프리카의 케냐 사람들은 여유롭게 사는 것을 미덕으로 여긴다. 바쁘게 서두르는 외국인들에게 "하라카 하라카 하이나 바라카Haraka haraka haina baraka"라고 핀잔한다. '서두름에는 축복이 깃들지 않는다'는 뜻이다.

매사 바쁘게 허둥대면 성공은커녕 오히려 실패할 확률이 높아진다. 바쁜 사람에게는 행운의 여신이 머물 틈이 없기 때문이다.

삶의 기쁨은 바쁘게 뛰어다닐 때보다 느긋하게 들꽃을 보며 걸을 때 찾아온다. 그러니 삶의 속도를 늦추어라. 당신의 마음에 축복이 머물 수 있도록.

# 대나무 마디처럼

한 여성분이 강아지를 데리고 산책을 나왔다. 주인과 인도를 달리던 강아지는 횡단보도 앞에 멈춰 섰다. 입에 연두색 강아지 인형을 물고서. "기다려!"라는 주인의 명령을 듣고는 신호등 앞에 부동자세를 취한다. 다음 목적지를 향해 기다리는 모습이 엄숙하기까지 하다.

우리는 하루에도 몇 번씩 빨간 신호등과 만난다. 길을 걷다 적신호가 켜지면 대개 성가신 표정을 짓는다. 빨리 파란불로 바뀌기를 바라면서 신호등만 뚫어지게 쳐다본다. 한 사람이 일생 동안 교통신호를 기다리는 시간은 6개월이나 된다고 한다. 그 많은 시간을 대기 모드로 그냥 흘려보낸다면 너무 아깝지 않을까.

인생의 건널목에서도 빨간불을 마주칠 때가 더러 있다. 부지런히 살고 있는데 갑자기 앞에서 적신호가 들어오는 것이다. 그럴 때 신호등을 향해 원망이나 짜증을 쏟아내선 안 된다. 그 앞에 멈춰 서서 조용히 다음 목적지를 떠올릴 일이다. 큰 지혜는 멈춤을 알지만 작은 지혜는 나아가기만 한다지 않는가. 지혜로운 사람은 난관에 처했을 때 멈춤을 알므로 파멸에 이르는 법이 없다.

초고속 성장을 거듭하던 스타벅스는 멈춤의 정신으로 위기를 극복했다. 2008년 스타벅스가 최대의 경영위기를 맞자 창업자 하워드 슐츠가 8년 만에 CEO로 복귀해 구원투수로 나섰다. 그가 꺼낸 첫 번째 카드는 '멈춤'이었다. 미국 전역에 있는 7천여 개 매장의 문을 잠시 닫는 것! 세 시간 동안 폐장할 경우 600만 달러의 매출 손실이 불가피했다. 임원들의 반대가 많았으나 슐츠는 폐장을 밀어붙였다.

슐츠는 위기의 길목에 서서 다음 목적지를 떠올렸다. 매장마다 '최상의 에스프레소를 선사하기 위해 잠시 시간을 갖고자 한다'는 안내문을 써 붙였다. 그 시간 동안 바리스타들은 동영상을 통해 최고의 커피를 만드는 법을 다시 익혔다. 임원들이 우려한 대로 폐장으로 인해 매출이 줄었을까? 결과는 정반대였다. 스타벅스의 고객 만족도는 수직 상승했고, 2년 후 매출 100억 달러라는 신기록을 세웠다.

식물 중에서 가장 빨리 성장하는 대나무는 멈춤의 지혜를 유감없이 발휘한다. 대나무는 무조건 하늘을 향해서만 자라는 게 아니다. 잠깐씩 성장을 멈추고 마디를 만든다. 그곳에 영양분을 축적해 더 높이 올라갈 채비를 한다. 대나무의 단단한 마디는 세찬 비바람에 견딜 수 있게 해준다. 만약 마디가 없이 계속 자라기만 했다면 대나무는 작은 외부 충격에도 쉽게 부러지고 말 것이다.

사람도 더 크게 성장하기 위해선 멈춤의 지혜를 배워야한다. 무조건 앞만 보고 달리다가는 얼마 못 가서 쓰러지고만다. 잠시 멈추어 서서 삶을 돌아보고 내면을 채우는 시간이 필요하다.

폭풍에도 넘어지지 않는 대나무처럼.

# 영혼이 따라오도록

돈이든 명예든 성공한 사람은 대체로 부지런하다. 열심히 산다는 것은 미덕이다. 신이 주신 삶의 시간을 소중히 여기는 습관이니까.

그런데 부패 혐의로 줄줄이 구속되는 사회지도층 인사들의 모습을 지켜보면서 생각이 달라졌다. 그들 중에는 바늘구멍보다 좁다는 사법고시의 관문을 통과해 검사장 자리에 오른 사람들도 여럿 있었다. 그들이 학교나 사회에서 열심히 노력한 것은 부인할 수 없는 사실이다. 성공하기 위해 사람들이 잠든 꼭두새벽에 일어나 밤늦게까지 최선을 다했을 것이다. 그러나 명예의 추락은 한순간이었다. 왜 그들은 국민의 지탄을 받는 죄인이 되었을까? 그것은 삶의 방향이 잘못되었기 때문일 것이다.

영국의 헉슬리 교수가 대영학술협회 회의에 참석하기 위

해 기차를 탔다고 한다. 기차가 연착하는 바람에 시간이 매우 촉박했다. 더블린 역에서 내린 그는 마음이 급했다. 얼른 이륜마차에 올라타고는 마부에게 소리쳤다.

"빨리 갑시다!"

마부는 교수의 말을 듣자마자 채찍을 휘두르며 마차를 몰기 시작했다. 얼마쯤 달렸을까. 헉슬리는 마차가 엉뚱한 곳으로 가고 있다는 사실을 알았다. 회의 장소와 정반대 쪽으로 '열심히' 달리고 있었던 것이다.

"지금 어디로 가고 있는 거요?"

마부가 대답했다

"손님께서 말씀하신 대로 앞으로만 빨리 달리고 있습지요."

헉슬리 교수의 행동은 어쩌면 우리가 사는 모습일지 모른다. 자기가 어디로 가고 있는지도 모른 채 빨리 빨리 달리는 사람들이 주위에 적지 않다. 아무리 바쁜 세상이라고 할지라도 자기 삶이 추구하는 방향은 한 번쯤 살펴봐야 하지 않을까.

인디언은 사냥감을 쫓다가도 잠시 추격을 멈추고 뒤를 돌아본다. 어떤 사람이 연유를 묻자 인디언이 말했다.

"너무 빨리 달리면 내 영혼이 나를 쫓아오지 못해요. 영혼이 길을 잃고 헤매지 않도록 속도를 줄이는 겁니다."

바쁘게 열심히 사는 것만이 무조건 미덕일 수는 없다. 잘못된 방향으로 노력하면 안 하느니만 못한 일이 될 수 있다. 가끔은 인디언처럼 멈추어 서서 뒤를 돌아보자. 내 영혼이 제대로 따라오고 있는지.

오리나무를 보거들랑

오리나무는 우리나라 야산에서 흔히 볼 수 있는 나무이다. 산기슭이나 개울가에 주로 자라는 키다리 나무 중 하나이다. 그런데 이 나무는 이름의 내력이 참 재미있다.

'오리'라는 이름은 옛날 길가에 5리五里마다 심어 이정표로 삼은 것에서 유래했다고 한다. 조선시대에는 남자가 출세하려면 괴나리봇짐을 메고 산 넘고 물 건너 과거 길에 올라야 했다. 오리나무는 한양으로 과거시험을 보러가는 선비들에게 시원한 그늘을 선사하고 길동무가 되어주었다.

오리나무가 5리마다 심었다면 스무나무는 우리 조상들이 20리마다 심었던 나무이다. 키가 커서 먼 곳에서도 눈에 잘 띄어 이정표 목으로 발탁된 것이다. 거목으로 자라면 여인들이 득남을 위해 기도하는 기도 목이나 마을의 정자 목으로 이용되기도 했다. 나무를 벗 삼아 길을 재촉했던 옛 사람들의 모습이 정겹다.

우리 주위에는 거리와 방향을 알려주는 교통안내표지판이 곳곳에 즐비하다. 최첨단 내비게이션은 골목길까지 친절하게 안내해준다. 손바닥만 한 스마트폰 하나면 지구 전체를 훤히 들여다볼 수 있다.

그런데도 길을 잃고 헤매는 사람들은 오히려 과거보다 더 많아졌다. 젊은이들은 젊은이대로, 노인들은 노인대로 앞이 보이지 않는다고 호소한다. 지식은 넘치지만 지혜가 바닥난 탓이다.

우리는 손가락으로 스마트폰 자판만 눌러도 온갖 명언과 교훈을 접할 수 있는 시대에 살고 있다. 카톡이나 밴드, 페이스북에는 좋은 글들이 홍수처럼 범람한다.

그러나 삶의 길은 손가락이나 내비게이션이 가르쳐주지 않는다. 도로의 방향이나 목적지는 지식으로 충분하지만 인생길은 지혜만이 안내해줄 수 있다.

지식이 머리에만 쌓이고 가슴으로 이동하지 않는다면 인생에 아무 소용이 없다. 지혜의 눈을 떠야 길이 보인다. 무엇을 위해 살고, 어디로 가고 있는지 생각하지 않는다면 당신은 삶이 끝나는 날까지 길을 헤맬지 모른다.

프랑스 화가 폴 고갱은 삶의 화두를 끌어안고 말년을 보냈다. 물질문명에 회의를 느낀 그는 순수한 삶을 찾아 남태평양으로 떠났다. 육신에 병이 들고 사랑하는 딸까지 잃자 타히티 섬 오두막에서 필생의 역작에 도전한다. 그가 그린 유화의 제목은 '우리는 어디서 왔고, 누구이며, 어디로 가는가?'였다.

정말 나는 누구이고 어디로 가고 있는가?

참새의 오줌

점심을 먹고 봄볕이 좋아 야외 테이블에 앉았다. 커피를 마시고 있는데 하늘에서 갑자기 투명한 액체가 내 안경 유리에 뚝 떨어졌다. 맨 하늘에 빗방울이 떨어질 리는 없었다. 새가 날아가다 오줌을 눈 것이었다.

살면서 내가 새의 오줌을 맞을 확률은 과연 얼마나 될까? 비둘기나 까치가 아니라 참새의 오줌을 오른쪽 안경 유리에 맞는 경우라면? 2018년 4월 25일 낮 12시 22분에 오줌 세례를 가한 (참새에게 이름이 있다면) 홍길동이란 그 참새가 내 안경에 다시 오줌을 떨어뜨릴 확률은 얼마일까? 물론 제로에 가까울 것이다. 다시 말해 평생에 단 한 번밖에 일어나지 않는다는 얘기이다.


이런 쓸데없는 상상을 하는 이유는 사람들이 인연의 소중함을 잊고 있다는 생각에서다. 우리가 만나는 존재나 행위

들은 참새 오줌의 경우처럼 평생에 한 번뿐이다. 친구나 봄
꽃을 다시 보게 되더라도 예전의 그 사람이나 그 꽃이 아니
다. 세상의 만물은 매 순간 쉼 없이 변하고 있기 때문이다.
생각해보면 세상의 모든 만남은 단 한 번이다. 일기일회一期
一會이다. 일기일회는 중국 진晉나라 원언백의 '만세일기 천
재일회萬歲一期 千載一會'에서 유래된 말이다. 만 년에 단 한
번, 천 년에 한 차례뿐인 귀한 만남'이란 뜻이다. 이 순간을
귀하게 여기고 최고로 당신을 맞겠다는 마음이 담겨 있다.

반복되는 하루는 단 한 번도 없다.
두 번의 똑같은 밤도 없고,
두 번의 한결같은 입맞춤도 없고,
두 번의 동일한 눈빛도 없다.

폴란드 시인 비스와바 쉼보르스카의 〈두 번은 없다〉는 시
이다.
삶의 모든 순간은 빠르게 지나가고 다시 오지 않는다. 그
시간을 멈추어 세울 수 있는 사람은 아무도 없다.

당신이 할 수 있고, 꼭 해야 할 일은 단 한 번뿐인 인연을 소중히 여기는 것. 일기일회의 심정으로 지금 이 순간을 100% 누리는 것뿐이다.

삶은
계란
이오

사람은 누구나 오래 살기를 원한다. 그러나 오래 사는 것 이상으로 중요한 게 있다. '잘 사는' 일이다.

철학자 미셸 몽테뉴는 "삶의 가치는 그 길이에 있지 않고 순간순간을 얼마나 알차고 유용하게 보냈느냐에 있다. 아무리 오래 살았다고 해도 내용과 결과에 따라 실제로는 얼마 살지 못했을 수도 있다."고 말했다.

로마 철학자 세네카는 삶과 생존을 명확히 구분했다. 삶이란 단순히 목숨을 유지하는 것과는 차원이 다르다면서 이렇게 외쳤다.

"출항과 동시에 사나운 폭풍에 밀려다니다가 사방에서 불어오는 바람에 같은 자리를 빙빙 표류했다고 치자. 그 선원을 긴 항해를 마친 사람이라고 말할 수는 없을 것이다. 그는 긴 항해를 한 것이 아니라 그저 오랜 시간을 수면 위에 떠 있었을 뿐이다. 그렇기에 노년의 무성한 백발과 깊은 주름을 보고 그가 오랜 인생을 살았다고 단정할 수는 없는 일이다. 그 백발의 노인은 오랜 인생을 산 것이 아니라 다만 오래 생존한 것일지 모른다."

명쾌한 통찰이 아닌가. 건강하게 오래 사는 것이 인간의 소망이지만 그것이 미덕일 수는 없다. 오래 살았다고 해서 그를 위인이나 성인으로 부르진 않을 터이니.

그 사람이 죽었다는 사실은 그가 살았다는 증거가 되지 못한다. 삶의 의미를 깨닫지 못하는 사람은 살아도 산 것이 아니니까. 무의미하게 그냥 시간을 흘려보내는 것은 좀비 인생일 뿐이다. 육체는 살았어도 정신은 이미 사망선고를 받은 것이나 진배없다. 매일 기계처럼 하루하루를 반복한다면 백년을 살았다고 하더라도 단명한 사람이다.

삶에도 생로병사가 있다. 펄떡펄떡 살아 있는 삶이 있고, 늙은 삶이 있고, 병든 삶이 있고, 죽은 삶이 있다. 우리가 진정 두려워할 것은 목숨이 종료되는 죽음이 아니다. '죽은 삶'이다. 목숨은 붙어 있어도 죽어 있는 삶이다.

김수환 추기경은 어떤 사람이 '삶은 무엇이냐'고 묻자 이렇게 대답했다.

"삶은 계란이오."

여기서 삶은 'life(생명, 사는 일)'도 되지만 '냄비에 삶는다'는 뜻도 된다. 우선 '사는 일이 계란'이라면 병아리처럼 단단한 껍데기를 깨고 나와야 한다. 자기 세계에 갇혀 있으면 생명의 탄생이나 진화는 불가능하다. 결국 펄펄 끓는 냄비 안에서 '삶은 계란' 신세가 되고 말 것이다.

계란 바깥의 세상으로 나오는 일은 어디까지나 자력으로 해야 한다. 자기 힘으로 깨고 나오면 병아리가 되지만 남이 깨어주면 계란프라이가 되기 때문이다. 사람도 성숙된 삶을 영위하려면 자기 힘으로 껍질을 깨야 한다. 그런 부활의 과정을 거쳐야 새로운 세상으로 입장할 수 있다.

부활은 꼭 종교적인 것만을 가리키지 않는다. 어제보다 나은 오늘을 꿈꾸는 자기 개혁이 바로 부활이다. 하루의 일상을 돌아보면서 자신의 허물 하나를 벗을 수 있다면 그것 역시 '작은 부활'이다.

카르페 디엠

카르페 디엠Carpe Diem!

영화 〈죽은 시인의 사회〉를 통해 많이 알려진 말이다. '현재를 즐겨라'라는 뜻으로 알고 있지만 '오늘을 잡아라'가 원뜻에 더 가깝다. 영화는 미국의 수재들이 모이는 명문 고등학교가 배경이다. 학생들은 입시에 잔뜩 찌들어 있다. 새로 부임한 키팅 선생은 아이들을 데리고 학교 진열장에 전시된 개교 초기의 졸업생 사진을 보여준다.

"사진을 봐라. 너희들이 보고 있는 이 젊은이들은 한때 너희들과 똑같은 눈동자를 갖고 있었다. 그들은 이 세상을 자기 것으로 만들고 자기 인생을 멋지게 살겠다는 야망을 품고 있었지. 그것이 70년 전의 일이다. 이제 그들은 죽었고 무덤엔 데이지 꽃만 자라고 있단다."

그리고 키팅 선생은 아이들에게 이렇게 외친다.

"카르페 디엠! 오늘을 잡아라. 소년들이여, 너의 삶을 비

上飛上하게 하라."

카르페 디엠은 원래 고대 로마의 시인 호라티우스의 시에 등장하는 말이다. 전쟁의 불안과 고통에 빠진 로마 시민들을 위로하기 위해 이 시를 썼다고 한다.

이 세상이 끝나는 날 신이 우리를 위해

무엇을 준비해 뒀는지 물으려 하지 마라

우리는 그것을 알 수 없기에—

그리고 바빌로니아 점술가들에게

마지막이 언제인지 묻지 마라

어떠한 일이 닥치더라도 받아들여라

주피터가 우리에게

또 한 번 시련의 겨울을 선사하든 말든

혹은 투스칸 절벽이 무너져 버리고

그 순간이 마지막 순간이 되든지 간에

그대가 현명하다면 포도주는

바로 오늘의 체에 걸러라

짧기만 한 인생에서 먼 희망은 접어라

우리가 이렇게 말하고 있는 동안에도

시간은 우리를 시샘하며 흘러가 버리니

내일은 믿지 마라

카르페 디엠! 오늘을 잡아라

시인은 로마 시민을 향해 미래의 걱정은 내려놓고 편히 쉬라고 외친다. 카르페 디엠은 현재를 무조건 즐기라는 뜻이 아니라 지금의 삶에 집중하고 향유하라는 당부이다.

"별들을 쳐다본다는 것은 그 얼마나 화려한 사실인가. 오래지 않아 내 귀가 흙이 된다 하더라도 이 순간 내가 제9 교향곡을 듣는다는 것은 그 얼마나 찬란한 사실인가."

수필가 피천득이 부른 〈인생 예찬〉이다. 나의 눈귀가 열려 있다면 하늘은 온통 별밭일 것이다. 귓가엔 언제나 교향곡이 울려 퍼지리라. 피천득처럼 지금의 삶에 최선을 다하는 것이 카르페 디엠의 자세이다.

미래에 어떤 일이 일어날지는 누구도 알 수 없다. 어제 핀 꽃보다 내일 필 꽃보다 오늘 피어 있는 꽃이 가장 아름답다. 부디 오늘을 잡아라.

황금 소금 지금

일본 화가 온 카와라는 평생 '날짜 그림'만 고집했다. 날짜를 처음 화폭에 담은 것은 1966년 1월 4일. 파랑 바탕색을 칠한 캔버스에 흰색 물감으로 'JAN. 4, 1966'이란 글씨를 썼다. 그림의 바탕색은 매번 바뀌었으나 글씨는 언제나 흰색이었다. 작품 뒷면에는 그날의 신문을 오려 붙였다. 인간 세상의 온갖 일들을 화폭에 담기에는 이만한 게 없다는 생각에서다.

화가는 이런 방식으로 날짜를 바꿔가며 하루도 빠짐없이 그림을 그렸다. 날짜 그림은 2014년 7월 10일에 멈추었다. 그의 숨이 마지막으로 정지한 날이다. 그가 반세기 동안 날짜 그림을 고수한 이유는 오늘이라는 시간의 소중함을 사람들에게 깨우쳐주고 싶었기 때문이다.

어떤 중년 부부가 카톡을 시작했다. 남편이 기대에 부풀어 먼저 문자를 보냈다.

"당신, 이 세상에서 가장 소중한 세 가지 금이 뭔지 알아? 바로 황금, 소금, 지금이야!"

곧바로 아내의 답신이 도착했다.

"현금, 지금, 입금!"

화들짝 놀란 남편. 공손히 답신을 보냈다.

"지금, 조금, 입금!"

그날 이후 남편은 아내에게 먼저 문자를 보내지 않았다고 한다. 우스갯소리지만 부부의 카톡 대화에는 공통점이 있다. 세 번의 대화에서 모두 지금이라는 단어가 들어 있다는 사실이다. 지금이 그처럼 소중하다는 얘기이다.


어떤 사물이나 현상도 지금이란 시간이 전제되지 않고선 존재할 수 없다. 삶은 지금이고, 지금이 아닌 삶은 성립 자체가 불가능하다. 인생은 수많은 지금이 모인 집합체이다. 이 순간을 충실히 사는 것이야말로 인생을 알차게 영위하는 길이다.

지금의 중요성을 일깨운 사람은 러시아의 대문호 톨스토

이다. 그는 "당신에게 가장 중요한 때는 지금이고, 가장 중요한 일은 지금 하고 있는 일이며, 가장 중요한 사람은 지금 만나고 있는 사람이다."라고 역설했다.

지금보다 귀한 것은 없다. 세상의 어떤 보물보다 귀하다. 천하를 호령했던 진시황도, 억만장자 록펠러도 갖고 있지 못한 지금이다.

저기
사람이 온다

고대 그리스의 디오게네스는 아테네에서 '사람'을 찾기 위해 대낮에 등불을 들고 다녔다. 도시에 사람이 없을 리 없지만 오죽했으면 "어디 사람이 없소?"라며 시내를 돌아다녔을까.

디오게네스가 찾으려 했던 사람의 조건은 그리 특별하지 않다. 지나친 욕심을 자제하고 사람다움을 지키며 사는 사람이다. 그는 "진정한 마음의 평안은 많이 소유하는 것에서 얻어지지 않는다. 적게 갖고도 만족할 줄 아는 데에서 얻어진다."고 말했다.

나무통 안에서 생활한 '거지 철학자' 디오게네스! 알렉산더 대왕이 찾아가 원하는 것을 다 주겠다고 하자 "제발 햇볕을 가리지 마라."고 외쳤던 그 괴짜이다. 그가 극도로 물욕을 경계한 것은 물질의 노예로 살지 않기 위한 몸부림이었다. 욕망의 사슬을 끊어낸 사람만이 진정한 자유를 누릴 수 있다는 게 그의 생각이었다. 디오게네스가 가장 경멸한 사람은 물질을 중시하고 뽐내는 부류였다.

어느 날 벼락부자가 된 사람이 디오게네스를 집으로 초대했다. 그가 자신의 부유함을 자랑하자 졸부의 얼굴에 침을 뱉으며 말했다.

"아무리 둘러봐도 집안이 너무 깨끗해서 침 뱉을 곳은 당신 얼굴밖에 없구려."

디오게네스가 부자에게 침을 뱉은 이유는 사람 위에 돈이 있는 것처럼 행세했기 때문이다. 사람을 만물의 주인으로 여긴 그에게 졸부의 행동은 정말 참기 힘든 일이었다. 그는 돈이 많든 적든, 지위가 높든 낮든 인간은 그 자체로 세상에서 가장 귀한 존재라고 생각했다.


유럽을 제패한 나폴레옹은 인간미가 넘치는 사람이었다. 전쟁에서 패한 뒤 대서양의 세인트헬레나 섬에서 유배 생활을 보낼 때의 일이다.

어떤 부인과 함께 길을 걷다가 짐을 지고 걸어오는 하인들과 맞닥뜨렸다. 부인이 거친 목소리로 길에서 비키라고 소리쳤다. 그러자 나폴레옹이 나지막이 말했다.

"부인, 저들은 무거운 짐을 지고 있어요."

역시 나폴레옹이었다. 비록 황제의 자리에서 쫓겨난 처지였지만 품격은 황제 그대로였다. 그는 평소 겸손한 습관이 몸에 배어 있었다. 이탈리아에서 정복 전쟁을 벌일 때에는 프란치스코 성인의 동상을 보자 전군의 행진을 멈추게 한 뒤 모자를 벗어 경의를 표했다. 지중해 엘바 섬 유배 시절엔 주민들을 집으로 초대한 후 부인들에게 허리를 굽혀 인사했다. 무소불위의 황제 자리에 있을 때에도 훌륭한 솜씨를 지닌 장인을 만나면 머리를 숙였다.

나폴레옹이 제위 시절에 평소 존경하던 괴테를 관저로 초빙한 적이 있었다. 괴테 역시 나폴레옹처럼 '타인을 자기 자신처럼 존경할 수 있는 사람'을 최고로 여겼다. 멀리서 괴테가 걸어오는 것을 본 황제는 감격에 겨워 소리쳤다.

"저기 사람이 온다!"

4분
30초

우리나라 사람들은 평소에 잘 웃지 않는다. 엘리베이터 안에서 낯선 사람과 눈을 마주치면 외국인들은 대개 미소를 보낸다. 우리는 그냥 멀뚱히 쳐다본다. 근엄한 표정으로 폼을 잡는 분들도 적지 않다.

영국의 일간지 〈더 선〉이 80년을 살면서 어떤 일에 얼마의 시간을 소비하는지 조사한 적이 있다. 가장 많이 소비하는 것이 일하는 시간으로 26년이었다.

다음으로 잠자는 시간 25년이었다. 재미있는 사실은 화를 내는 데에 2년을 쓰지만 미소를 짓는 일에 사용하는 시간은 고작 88일이라는 점이다. 미소보다 화내는 일에 8배 이상 시간을 소비하는 셈이다. 하루 24시간 중에서 미소 짓는 시간은 4분 30초에 불과했다. 그렇다면 우리 영혼에 가장 부족한 영양소는 바로 미소일 것이다.

웃으면 하루가 즐겁고 인생이 행복해진다. 한 번 웃게 되면 모르핀보다 200배나 강한 엔도르핀이 몸에서 분비된다. 1분을 웃으면 100만 원 어치의 엔도르핀이 생성된다고 한다. 그러므로 매일매일 입가에 미소를 띠는 사람은 그 자체로 이미 억만장자이다.

유대인은 '웃음은 기호품이 아니라 주식'이라고 말한다. 웃음은 세상의 그 어떤 약보다 효능이 뛰어난 명약이다. 의학계에선 웃음을 활용해 병을 치유하는 '웃음 치료'가 각광을 받고 있다. 여자가 남자보다 오래 사는 것도 더 잘 웃기 때문이라는 주장이 있다.


'일소일소 일노일로 一笑一少 一怒一老'


한 번 웃으면 한 번 젊어지지만 한 번 화를 내면 한 번 늙는다. 지금 당신은 자신의 생명을 줄이고 있는가, 늘이고 있는가?

가장 중요한 때는 지금이고,
가장 중요한 일은 지금 하고 있는 일이며,
가장 중요한 사람은
지금 만나고 있는 사람이다.

# Chapter 2

## 사는 게
## 꽃 같네

# 인생을 낭비한 죄

젊을 때는 시간의 소중함을 모른다. 내 아들 역시 마찬가지다. 스마트폰이나 게임에 빠져 시간을 허비하는 날이 많았다. 날짜를 벼르다 드디어 기회를 잡았다. 아들과 단 둘이 승용차에 앉자 먼저 말문을 열었다.

"아빠가 제일 싫어하는 두 부류의 사람이 있는데 뭔지 아니?"

"뭔데요?"

아들의 눈이 황소 눈알만 해진다.

"하나는 남을 죽이는 사람이지."

표정을 보아 하니 당연한 게 아니냐는 투다. 그러면서 다른 하나는 뭐냐고 다그친다.

"그야, 나태한 사람이지. 아무 목적도 없이 게으르게 삶을 낭비하는 사람 말이야."

아들도 낌새를 알아챈 것 같았다. 잠시 침묵이 흐른다.

모처럼 잡은 기회를 놓칠 순 없지! 아이가 방어 자세를 취하기 전에 조용히 타일렀다.

"앞의 것이 남을 죽이는 살인殺人이라면 뒤의 것은 자기를 죽이는 살인이야. 자기 인생을 죽이는 '살殺+인생人生'인 셈이지."

그날 아들에게 일러준 말은 평소 나의 지론이었다. 전자는 타인의 생명을 빼앗는 것이고, 후자는 자신의 인생을 빼앗는 행위이다. 하나가 사회에 짓는 죄라면 다른 하나는 자신에게 짓는 죄이다. 똑같이 씻을 수 없는 중죄에 해당한다. 우리는 남에게 해악을 끼치는 전자에 대해선 감옥에 보내 엄하게 처벌한다. 그러나 자기에게 해악을 끼치는 후자에 대해서는 유독 관대한 현실이다.


영화 '빠삐용'에서 누명을 쓰고 절해고도의 독방에 갇힌 주인공은 꿈속에서 자신의 무죄를 항변한다. 하지만 심판관은 그에게 이렇게 외친다.

"너는 살인죄로 기소된 게 아니다. 네가 지은 죄는 인간이 저지를 수 있는 가장 흉악한 범죄, 바로 인생을 낭비한 죄이다.”

이 말에 빠삐용은 정신을 번쩍 차린다. 인생을 죽이는 살인자는 절대 되지 않겠다고 결심한다. 다시 탈출을 시도한 끝에 죽음의 섬에서 벗어나게 된다.

인간은 시간 없이 존재할 수 없다. 시간은 누구에게 빌릴수도, 살 수도 없다. 물건이 부족하면 다른 물건으로 대체가 가능하지만 자신이 낭비한 시간은 어찌할 도리가 없다. 벤저민 프랭클린은 “그대 인생을 사랑하는가? 그렇다면 시간을 낭비하지 마라. 시간이야말로 인생을 형성하는 재료이기 때문이다.”라고 말했다.

삶의 주성분은 시간이다. 시간을 허비하는 것은 인생을 죽이는 일이다. 삶을 낭비한 죄! 우리는 과연 무죄일까.

기적은 땅 위를 걷는 일

땅바닥이 꺼졌다는 싱크 홀 뉴스를 보고 이런 생각이 들었다. 내가 걸어 다니는 땅조차 안심할 수 없는 거구나! 뉴스가 보도된 뒤 불안감을 호소하는 사람들이 부쩍 늘었다.

"땅만 보고 걸어요."

"혹시 땅이 꺼질까 천천히 걷기까지 해요."

사실 두 발로 딛고 선 대지도 믿을 것이 못 된다. 땅 밑에는 섭씨 수천도의 용암이 부글부글 끓어오른다. 그런 불덩어리를 지각이란 얇은 껍데기가 감싸고 있을 뿐이다. 사람들은 화산이 폭발하거나 지진이 일어났다는 소식을 들으면 깜짝 놀란다. 그러나 불덩이 위에서 평온한 상태를 유지하는 것이 외려 더 놀라운 일이 아닐까.

이뿐인가! 지구는 무서운 속도로 자전과 공전을 반복한다. 속도가 자그마치 초속 30km에 달한다. 우주선보다 세 배나 빠르다. 그런 초고속 우주선이 46억 년 동안 무사고

운전을 하고 있는 중이다. 능히 신의 운전 솜씨로 부를 만하다. 인간은 이렇게 질주하는 비행체에 승선하고도 안전벨트조차 매지 않는다. 우주 바깥으로 튕겨나가지 않도록 중력이 우리의 몸을 단단히 붙잡아주기 때문이다. 기적이 따로 없다.

세상은 경이의 연속이다. 인도 수도승의 일화는 기적을 보는 시각을 넓혀준다.


어느 날 한 수도승이 갠지스 강에서 자신의 초능력을 과시했다. 강물 위를 걸어서 건넌 뒤 히말라야 설산에서 12년간 고행한 끝에 이런 초능력을 얻었다고 자랑했다. 이를 보고 있던 어떤 성자가 말했다.

"그걸 배우려고 그 생고생을 했단 말이오. 돈 몇 푼만 내면 뱃사공이 태워주지 않소?"


일찍이 중국의 임제 선사는 "기적은 물 위를 걷는 일이 아니라 땅 위를 걷는 이 일이다."라고 말했다. 굳이 신에게 기적을 달라고 기도할 까닭이 없다. 지금 우리가 사는 하루하루가 기적이니까.

광대한 우주에서 우리가 존재하고 살아간다는 것은 실로 엄청난 행운이자 기적이다. 보라! 지금 눈앞에 종종걸음 치는 저 까치를. 내일에도 그럴 것이라고 확신하는가. 당신이 꽃을 보고 새소리를 듣는 즐거움이 언제까지 계속될 거라고 보는가. 오늘 주어진 삶과 행복이 내일에도 100% 나에게 존재할 것이라는 보장이 없다. 밥을 먹는 것, 코로 숨 쉬는 것, 내 발로 어디를 갈 수 있다는 사실이 기적처럼 다가올 날이 있을 것이다.

물리학자 아인슈타인은 인생을 사는 방법엔 두 가지가 있다고 했다. 하나는 아무 기적도 없는 것처럼 사는 것이고, 다른 하나는 모든 일이 기적인 것처럼 사는 것. 당신은 어느 쪽인가.

# 무릎을 꿇은 이성계

사진을 찍으러 풀밭을 돌아다니다 보니 옷에 풀씨가 잔뜩 붙었다. 살갗이 따끔거렸다. 도깨비바늘이었다. 바지에도 윗도리에도 온통 도깨비바늘이었다.

"괘씸한 놈! 여기가 어디라고."

옷에 붙은 한 녀석을 떼어 아스팔트 바닥에 내팽개쳤다. 그때 한 생각이 번개처럼 머리를 스쳤다.

'도깨비바늘의 가시 털은 나를 괴롭히려는 목적보다는 종족 번식을 위해 있는 것이지. 수억 년 진화의 노력 끝에 완성한 생존전략이지. 그런 처지를 헤아리지 않고 야멸차게 내던지는 것이야말로 괘씸한 행동이 아닐까.'

이런 생각이 들자 도깨비바늘에게 도리어 미안한 감정이 느껴졌다. 그들을 조심스럽게 옷에서 떼어 흙이 있는 곳에 놓아주었다. 볕이 포근한 봄날에 예쁜 싹을 틔우길 바라면서.

생명에는 귀천이 없다. 모두가 신이 내린 유일무이한 존재이니까. 네 잎 클로버를 발견한 어느 시인은 차마 꺾지 못하고 발길을 돌렸다고 한다. 풀잎 하나라도 꺾으면 들의 수평이 기울어질 것이라는 생각이 들었기 때문이란다.

"한 송이 꽃을 꺾는다면 그것은 우주의 한 부분을 꺾는 일.
한 송이 꽃을 피운다면 그것은 수만 개의 별을 반짝이게 함
이어라."

철학자 오쇼 라즈니시의 말처럼 생명의 가치는 절대적이고 우주적이다. 식물은 작은 꽃 하나라도 대충 피우지 않는다. 하나의 꽃 문을 열기 위해 씀바귀는 지독한 산고를 치른다. 땅속 깊숙이 뿌리를 뻗어 물을 긷고, 봄바람은 부드러운 입김을 불어넣는다. 낮에는 햇빛이 잎새에 내리고 밤에는 별빛이 몸을 감싼다. 한 생명의 탄생을 위해 천지가 숨을 죽이는 것이다. 비록 인간에겐 하찮은 일일는지는 몰라도 꽃을 피우는 일은 씀바귀에게 제3차 세계대전과 같은 어마어마한 사건이다.

조선을 창건한 이성계도 노란 씀바귀에 반했던 모양이다. 왕은 환관 김사행을 데리고 자주 개성 궁궐을 빠져나왔다고 한다. 팔각정 화원에서 꽃삽으로 흙을 파고 꽃씨를 뿌렸다. 신하들이 "범부들이나 하는 일을 하시는 것은 군왕의 체통을 깎는 것"이라며 말렸지만 소용이 없었다.

이성계가 팔각정으로 가던 어느 날이었다. 걸음을 멈추더니 논두렁 아래를 뚫어지게 쳐다보는 것이었다. 노란 꽃망울을 터뜨린 씀바귀였다.

"전하, 캐어다 화원에 심을까요?"

환관의 물음에 왕이 고개를 저었다.

"꽃이 곱지 않느냐? 우리가 캐어 가면 촌부들이 보지 못할 것이야. 나중에 여물고 나면 씨를 받아 화원에 뿌리자꾸나."

이성계는 칼과 화살로 평생을 살아온 무장 출신이다. 왕조를 세우는 과정에서도 피비린내 나는 살육이 있었다. 그런 무장의 무릎을 꿇린 것은 칼이 아니라 들꽃 한 송이였다. 생명은 그처럼 존귀하다. 하물며 만물의 영장인 사람은 더 말해 무엇하랴.

나는 오월 속에 있다

나이를 먹는 건
사람을 미워면
싫음 마땅 수 없는
삶이 있었다

김난도 서울대 교수가 사람의 연령을 하루 24시간에 비유한 적이 있다. 평균 수명 80세를 기준으로 보면 30세는 아침 9시이고 60세는 날이 어둑해지는 저녁 6시가 된다는 것이다. 젊은 청춘들에게 희망적인 메시지로 들리겠지만 나이 지긋한 기성세대에게는 절망적 비유가 아닐 수 없다.

70세의 나이라면 사방이 칠흑처럼 깜깜한 밤 9시가 될 테니 말이다. 모두 죽음의 자정을 향해 시계 침처럼 째깍째깍 움직이는 형국이다.

그 절망의 노년을 희망의 노년으로 바꾼 이는 철학자 김형석 교수이다. 그는 97세이던 해에 《백세를 살아보니》라는 책을 썼다.

김 교수는 인생의 황금기를 60세부터 75세로 규정한다. 말하자면 환갑을 바라보는 60세는 해가 저무는 황혼기가 아니라 황금기의 시작인 셈이다.

백세의 딱 절반인 쉰의 나이는 '인생의 정오'이다. 공자의 말을 빌리면 지천명知天命의 중년이다. 천명, 즉 하늘의 명령을 비로소 아는 시기이다. '인생 백년'에서 볼 때 전반기 50년은 지상의 명에 따라, 후반기 50년은 하늘의 명에 따라 살아야 한다는 해석이 가능하다. 인생의 전반기에 돈과 지위 등을 얻기 위해 바쁘게 살았다면 후반에는 삶의 의미를 느끼면서 느긋하게 살아보라는 것이다.

50세 전후의 갱년기更年期도 꼭 부정적인 의미로 여길 필요가 없다. 노년에 접어드는 시기에 나타나는 신체 기능 저하와 결부시키지 말라는 것이다. 한자 갱更은 '다시'라는 뜻이 아닌가. '새로 시작하는 해年'로 받아들여야 한다. 나이를 보는 시각을 바꾸면 삶을 바꿀 수 있는 길이 열린다.


인생 후반은 절대 덤으로 사는 시기가 아니다. 다시 출발하는 삶의 새 장이다. 그러므로 당신의 나이가 쉰의 고개를 넘었다면 50세 이후부터 새로 나이를 시작하라. 51세라면 갓 태어난 한 살배기에 불과하다. 나이가 58세라면 이제 인생 2막의 초등학교에 들어가는 8세일뿐이다.

가까운 지인 중에 참 밝게 사는 분이 있다. 일흔이 넘은 그분은 시 낭송을 하면서 소녀처럼 살고 있다. 누가 비결을 물으면 "저는 나이를 먹어버려요. 그래서 저한테는 나이가 없습니다."라며 웃는다.

인생은 아름답다. 노년은 더 아름답다. 삶의 절정으로 나아가고 있는 중이니까. 수필가 피천득은 "내 나이는 세어서 무엇하리. 나는 지금 오월 속에 있다."고 노래했다. 영혼이 늙지 않은 이에겐 언제나 오월이다.

누가 진짜 맹인일까

가진 것에
감사하라

첼로 연주자 재클린 뒤 프레는 길을 걷다 갑자기 힘이 빠져 쓰러졌다. 음악 인생이 한창 무르익던 스물여덟 살 무렵이었다. 그녀에게 병원이 내린 진단은 다발성 경화증. 손가락을 움직일 수 없고 걸을 수조차 없는 질환이었다. 연주자로서 생명이 끝났다는 사형선고나 다름없었다. 무대에서 긴 머리카락을 휘날리며 열정적으로 연주하던 그녀의 모습은 더 이상 볼 수 없게 되었다.

발병 1년 후 양팔을 움직일 수 없을 정도로 병세가 나빠졌다. 그런데 어느 날 아침에 일어났더니 팔이 정상적으로 움직이는 것이었다. 기적은 딱 나흘간만 계속되었다. 구름 사이로 잠시 태양이 얼굴을 내밀듯이. 재클린은 햇살이 반짝하는 그 기회를 놓치지 않고 미친 듯이 첼로를 연주해 녹음했다. '에드워드 엘가의 첼로 협주곡'과 같은 기념비적 작품은 이때 탄생했다.

불꽃같이 짧은 삶을 살다 갔지만 그녀의 연주곡은 세상에 남아 아직도 심금을 울리고 있다. 그녀는 나흘의 시간을 신이 주신 기적의 선물이라고 생각했다. 그 소중한 시간을 낭비하지 않고 '진짜 기적'을 이루어냈다. 재클린은 온몸이 찢겨나가는 고통 속에서 간호사에게 이렇게 말했다.

"어떻게 하면 삶을 견딜 수 있을까요?"

보고 듣고 말할 수도 없었던 미국의 헬렌 켈러는 우리에게 삶을 대하는 방법을 알려준다. 그녀는 에세이 《사흘만 볼 수 있다면》에서 우리가 하루하루의 소중함을 잊고 사소한 일에 매달린다고 아쉬워했다. 그러면서 자신에게 단 사흘만 눈으로 볼 수 있다면 무엇을 할 것인지를 적었다.


"첫째 날은 아주 바쁠 거예요. 사랑하는 친구들을 불러 모아 그들의 얼굴을 오래오래 들여다볼 겁니다. 내가 밟고 있는 양탄자의 따뜻한 색깔, 벽에 걸린 그림들, 집안을 아기자기하게 꾸미고 있는 장식물들도 보고 싶네요. 이튿날에는 새벽 일찍 일어나 밤이 낮으로 변하는 기적을 떨리는 마음으로 보겠어요. 태양이 잠자는 지구를 깨우는 장엄

한 빛의 파노라마를 지켜볼 겁니다. 저녁은 극장이나 영화관에서 보내겠어요. 햄릿 같은 멋진 인물을 직접 볼 수 있다면 얼마나 좋을까요. 셋째 날에는 도시 한복판을 거닐고 싶어요. 형형색색의 아름다움을 구경하고, 공장과 빈민가와 아이들이 노는 공원에도 가 보겠어요. 사람들의 행복과 불행에 놀라면서 그들이 어떻게 일하며 살고 있는지 더 깊이 이해하겠지요."

우리는 재클린이 바라던 나흘, 헬렌 켈러가 그토록 소망하던 사흘을 마음껏 누리고 있다. 백설에 묻힌 하얀 세상, 싱그러운 옥빛 하늘, 수선화의 수줍은 자태, 가지 끝에 매달린 노란 단풍잎 하나···. 자연의 경이를 즐기지 못하게 하는 장애물은 없다. 있다면 단지 우리의 편협한 시야뿐.

헬렌 켈러가 말했다. "맹인인 나는 맹인이 아닌 당신에게 한 가지 힌트밖에 줄 수 없어요. 내일이면 맹인이 될 사람처럼 당신의 눈을 사용하세요."

세상의 수많은 경이를 눈으로 보고도 느끼지 못하는 우리들. 누가 진짜 맹인일까?

# 사는 게 꽃 같네

호스피스 전문 김여환 의사는 8년 동안 암으로 신음하는 환자들의 마지막을 지켜보았다. 환자 1천여 명에게 임종을 선언했던 그가 전하는 이야기이다. 어느 날 간호사가 진료실 문에 고개를 내민 채 침울한 목소리로 말했다.

"과장님, 사망 선언을 하셔야 할 것 같은데요."

병실로 갔더니 위암을 앓던 환자의 심전도 그래프가 자로 죽 그은 듯 일직선으로 변해 있었다. 86세 신복연 할머니가 호흡을 멈춘 것이다.

"2012년 8월 21일 12시 42분, 신복연 할머니께서 사망하셨습니다."

이런 짤막한 사망 선언을 하고 나면 으레 자식들의 통곡이 이어지게 마련이다. 오래 살았어도 호상은 없는 법이니. 그런데 그날은 이상하게 조용했다. 궁금해 하는 의사에게 둘째 딸이 차분하게 말했다.

"엄마가 유언으로 신신당부 하셨어요. 내가 떠나면 절대 울지 말라고요. 자식들이 우는 소리가 들리면 뒤돌아보느라 떠나는 것이 힘들다고."

'아, 그랬구나.' 의사는 딸의 이야기를 듣고 신 할머니의 생전 모습을 그려보았다. 그분은 입원 내내 웃지 않은 날이 없었다. 할머니가 암에 걸렸다는 소식이 전해지자 동네 사람들은 "이제 꽃 한 송이가 지는구나!"라고 안타까워했다고 한다. 할머니는 수의 대신 꽃분홍 한복에 흰 양말을 신고 이 승을 떠났다.

죽음의 의식을 꼭 울면서 보내야 하는 걸까. 천상병 시인 이 말한 것처럼 인생이 소풍이라면 '이 세상 소풍 끝내는 날' 을 슬프게 마감할 이유가 없을 것이다. 가신 이의 추억을 도 란도란 얘기한다면 고인의 발걸음도 한결 가벼워질 터이니.


프랑스 화가 마리 로랑생은 장미꽃과 함께 '영원한 여행' 을 떠났다. 일흔을 넘긴 어느 날 죽음의 전령이 문을 두드리 자 그녀는 전령에게 잠시 기다려 달라고 말했다. 그러고는 가까운 지인들을 불러 한 가지 부탁을 했다.

"하얀 드레스를 입혀 주세요. 그리고 빨간 장미와 나의 연인 아폴리네르의 편지를 가슴에 올려주세요."

이런 준비가 끝나자 그녀는 저승에 있는 연인에게로 아득한 길을 떠났다. 마리 로랑생은 생전에 '죽은 여인보다 더 가여운 여인은 잊힌 여인'이라고 노래했다. 유언은 결코 '잊힌 여인'은 되지 않겠다는 그녀만의 의식이었다.

백세 시대, 웰빙well-being 못지않게 절실한 과제는 웰다잉well-dying이다. 품위 있는 죽음! 마지막 저승길에 장미꽃 한 송이쯤은 있어야 하지 않을까.

이
또한

지
나
가
리
라

어떤 여성분께서 자신의 페이스북 방을 이렇게 꾸몄다.

그래,
시원한 물 한 잔 마시고
다시 시작하자.
별거 아니잖아.

멋지지 않은가. 우리가 갈구하는 성공과 행복은 어쩌면
물 한 잔에 달려 있을지 모른다. 그 물로 목을 축이고 다시
일어서느냐, 그렇지 않느냐의 차이이다.

우리는 고통이나 시련이 찾아오면 마치 그것이 영원히
지속될 것처럼 아파한다. 잘못된 태도이다. 아무리 지독한
시련일지라도 긴 인생을 놓고 보면 잠시에 불과하다. 고통
과 시련은 언젠가 끝이 난다. 고통은 당신을 붙잡을 수 없

다. 마음이 괴롭다면 당신이 고통을 계속 붙잡고 있기 때문이다.

양치기 소년에서 왕위에 오른 다윗은 영욕으로 얼룩진 파란만장한 삶을 살았다. 어느 날 자신의 인생을 돌아보던 다윗 왕이 세공인을 불러 명했다.

"나를 위해 아름다운 반지를 만들어라. 거기에 내가 전쟁에서 승리를 거두어 환호할 때 교만하지 않고, 내가 절망에 빠졌을 때 용기와 희망을 줄 수 있는 글귀를 새겨 넣도록 하여라."

세공사는 왕의 분부대로 아름다운 반지를 완성했다. 그러나 반지에 새길 마땅한 글귀가 떠오르지 않았다. 며칠 밤을 끙끙대다 지혜로운 솔로몬 왕자를 찾아갔다. 솔로몬은 세공사에게 이런 글귀를 알려주었다.

"이 또한 지나가리라!*This too shall pass away!*"

지금의 고통이나 기쁨에 너무 연연해하지 말라는 것이다. 인생은 행복과 불행이 씨줄과 날줄처럼 얽혀 있다. 당신이 불행의 날줄을 잡았다면 다음에는 행복의 씨줄을 잡을 차례다.

눈앞의 암울한 현실에 어깨를 움츠리지 마라. 고난은 당신을 파괴할 수 없다. 고난 그 자체는 풍뎅이 한 마리를 죽일 힘조차 갖고 있지 않다. 고난이 위력을 발휘하는 것은 당신이 거기에 무릎을 꿇었을 때뿐이다.

아래로 떨어지는 공은 바닥 끝까지 닿아야 비로소 튀어오를 수 있다. 당신이 추락하고 있다면 바닥이 가까워지고 있다는 증거이다. 곧 반등의 기회가 도래한다. 어렵고 힘든 일이 지나면 즐겁고 기쁜 일이 반드시 온다.

고난은 파도와도 같다. 하나의 파도가 끝나면 이내 다른 파도가 밀려온다. 그러니 썰물에 한탄하지 말고 곧 돌아올 밀물에 자신의 배를 띄울 채비를 하라. 그것이 인생이라는 항해이다.

뒤로
전진

아침 출근길이었다. 한 할머니가 힘들게 지하철 계단을 올라가고 있었다. 그런데 걷는 모습이 영 이상했다. 계단 손잡이를 잡고 뒤로 걷는 것이었다. 아픈 무릎 관절 때문에 '뒤로 전진'하는 듯했다. 그렇게 달팽이걸음으로 한 발 한 발 세상을 향해 나아갔다.

6·25전쟁에서 가장 위대한 진군 역시 뒤로 전진이었다. 1950년 겨울, 압록강을 향해 북진하던 미국 해병 1사단은 장진호 부근에서 중공군에게 포위를 당했다. 적군의 병력은 미군의 열 배가 넘었다. 영하 30도를 웃도는 혹한은 온몸을 얼어붙게 만들었다. 거센 눈보라가 장병들의 뺨을 사정없이 후려쳤다. 그때 연대장이 젊은 병사들 앞에 나와 소리쳤다.

"제군들, 우리에게 후퇴란 없다. 이곳에서 뒤로 전진한다!"

미 해병은 방향을 바꿔 남으로 진격했다. 마침내 그들은 중공군 7개 사단의 포위망을 뚫고 사지를 벗어났다. 7천여 명의 젊은이들이 목숨을 잃었으나 적군의 희생은 7배나 더 컸다. 해병대의 성공적인 퇴각 작전으로 아군과 피란민 등 20만 명이 흥남에서 배를 타고 무사히 남하할 수 있었다. 전쟁사에 길이 빛나는 뒤로 전진이었다.

인생길에는 가파른 오르막도 있고 천길 벼랑도 있다. 그럴 때는 무조건 앞으로만 돌진하려 해선 안 된다. 때론 뒤로 전진하는 법도 배워야 한다. 가끔은 걸어온 길을 돌아보면서 자신의 의지를 재충전할 필요가 있다. 그런 자세로 임한다면 벼랑 끝에서도 살길을 찾을 수 있다.

'투자의 달인'으로 불리는 워런 버핏의 삶이 그랬다. 그는 젊은 시절에 꼭 입학하고 싶은 하버드 경영대학원에 도전했으나 낙방하고 말았다. 버핏은 다른 대안을 모색했다. 컬럼비아 경영대학원에 진학한 그는 거기서 평생의 스승인 벤자민 그레이엄 교수를 만났다. 그레이엄은 기업이 지닌 유무형의 가치를 기반으로 주식 투자를 하는 가치투자의 창시자이다. 단돈 100달러로 시작해 억만장자가 된 버핏의 투자 비법은 그에게서 배운 것이다. 이 모든 일이 하버드대 낙방이란 실패 후에 일어났다. 버핏은 훗날 "내 인생에서 가장 큰 행운은 하버드대에서 떨어진 것"이라고 회고했다.

사랑의 신께선 절대 인간의 앞길을 가로막지 않는다. 그대 앞에 놓인 난관은 더 큰 길을 찾도록 하기 위한 신의 원모遠謀이다. 그대가 희망을 버리지 않으면 캄캄한 막장에도 출구가 있다. 벽이 있으면 반드시 창이 있다. 길이 끝난 곳에 길이 있다.

아프도 때론 축복

한센병 환자들은 몸에 상처가 나도 아픔을 느끼지 못한다. 바닥에 깨진 병 조각이 흩어져 있으면 보통사람들은 다른 곳으로 얼른 피한다. 통증이 추가 피해를 막는 제동장치 역할을 하는 것이다. 하지만 통각이 망가진 한센인들은 그냥 병 조각을 밟고 지나간다. 발에 피가 나고 살점이 떨어져 나가도 아픈 줄을 몰라 멈추지 않는다. 그래서 환자 중에 누가 통각 기능을 회복하면 진심으로 축하해준다. 그들에겐 아픔도 축복이 되는 셈이다.

사람이 성숙하는 것은 아픔이나 고난을 통해서이다. 아픔을 겪어야 내면이 더 단단해질 수 있다. 그러니 고난을 무조건 거부하지 말고 자신을 부양浮揚하는 기회로 삼을 일이다.

불교에선 번뇌즉보리煩惱卽菩提라고 한다. 걱정으로 찌든 '번뇌의 마음'이나 지혜를 내는 '보리의 마음'이 결국 같은 것이라는 뜻이다. 번뇌가 존재해야 그것을 끊어내기 위한 수행이 존재하고 해탈도 가능하기 때문이다. 수행자에게 고통은 해탈의 전제조건이다. 인도의 싯타르타 왕자도 생로병사의 엄청난 고통이 없었다면 과연 왕궁을 뛰쳐나와 부처의 길을 걸었겠는가.

무게 수백 톤의 비행기가 뜰 수 있는 것은 공기의 저항 덕분이다. 저항은 달리는 속도가 빠를수록 비례적으로 커진다. 비행기 입장에서 공기는 전진을 가로막는 방해물이나 고통에 해당한다. 하지만 그것이 있기에 부력이 존재할 수 있다. 비행기는 공기의 저항을 정면으로 받아들인다. 양 날개를 활짝 펴고 동체를 띄워 창공을 날아간다.

먼 길을 가는 배는 밑바닥에 돌이나 모래, 물 등을 싣는다. 배가 한쪽으로 기울지 않고 항해할 수 있게 해주는 바닥 짐이다. 목적지로 가는 도중에 거친 파도와 비바람을 만나 배가 이리저리 흔들릴 때 배의 중심을 잡아주는 역할을 한다. 트럭도 가파른 언덕을 오를 때는 짐을 가득 싣는다고 한다. 무게가 가벼우면 헛바퀴가 돌 수 있기 때문이다.

사람살이라고 다르지 않다. 인생길은 바다의 파도보다 위험하고, 언덕보다 더 가파르다. 당신의 삶이 힘에 부친다면 오르막길을 오르는 중이라고 생각하라. 고통의 무게가 버겁다면 트럭에 짐을 가득 실은 상태라고 자신을 다독일 일이다. 그런 시련을 이겨내야 '삶의 헛바퀴'가 돌지 않는다.

삶은 누구에게나 벅차고 힘들다. 그것이 정상이다. 문제는 그 저항을 삶의 방해물로 여기느냐, 자신을 띄우는 부력으로 삼느냐는 것이다. 선택은 자신의 몫이다.

백해무익은 없다

미국 정부가 알래스카 자연보호구역의 사슴을 보호하기 위해 늑대를 잡아 없앴다고 한다. 사슴 숫자는 당국의 예상대로 10여년 만에 10배 넘게 불어났다.

그런데 예기치 못한 결과가 나타났다. 늑대의 위협에서 벗어난 사슴들이 게을러지면서 운동 부족으로 시름시름 병을 앓다 죽기 시작했다.

결국 정부는 다시 늑대를 투입했다. 사슴들은 늑대에게 잡아먹히지 않으려고 필사적으로 뛰어다녔다. 사슴은 건강을 회복하고 개체 수도 크게 늘어났다. 늑대의 위협이란 긴장 상태가 오히려 사슴을 더 튼튼하게 만든 셈이다. 사슴에게 늑대의 존재는 엄청난 스트레스였다. 그런데 그 스트레스에 대응하다 보니 이전보다 훨씬 건강해지는 긍정의 결과가 나타난 것이다.

만병의 근원이라고 여기는 인간의 스트레스 역시 마찬가

지다. 사람은 일상생활에서 온갖 스트레스를 극복하면서 내면의 성장을 이루어간다. 만약 스트레스가 전무하다면 신체의 면역기능이 약화되고 정신은 이완될 것이다. 적당한 스트레스는 백혈구의 활동을 강화해 암을 비롯한 각종 질병에 대한 저항력을 높여준다.

미국 위스콘신 매디슨 대학교 연구진이 스트레스가 사망에 끼치는 영향을 분석한 적이 있다.

스트레스가 심하다고 밝힌 사람들의 사망률이 그렇지 않은 사람들보다 43%나 높았다. 종전 우리의 믿음과 일치한다. 그런데 스트레스가 심하지만 별로 개의치 않는다고 생각한 사람의 경우 스트레스가 거의 없다는 사람보다 되레 사망률이 낮았다.

다른 연구에선 실험 참가자들에게 미리 스트레스의 긍정적 효과를 알려준 후 스트레스를 가했더니 심장 박동이 빨라졌으나 스트레스 받을 때 나타나는 혈관 수축과 같은 부작용은 일어나지 않았다.

스탠포드 대학교 건강심리학자 켈리 맥고니걸 교수는 "스트레스가 발생한 경우 심근경색으로 쉰 살에 생을 마칠지 아니면 아흔 살까지 건강하게 살지를 좌우하는 것은 스트레스를 바라보는 자세이다."라고 말했다.

물론 지나친 스트레스는 병을 부르는 요인이다. 하지만 그것은 스트레스만의 책임이 아니다. 스트레스를 잘못 이용하고 그것에 끌려다닌 인간의 잘못이 더 크다.


연이 하늘 높이 날 수 있는 것은 누군가 줄을 당기고 있기 때문이다. 그 줄만 없으면 자유롭게 하늘을 훨훨 날아다닐 수 있을 것으로 생각하겠지만 그렇지 않다. 줄의 팽팽한 긴장이 없으면 연은 하늘로 치솟다가 곧장 땅으로 곤두박질치게 된다.

스트레스의 이치가 이와 같다. 스트레스가 없다고 나의 건강이나 행복감이 저절로 상승하지 않는다.

세상의 일들은 그것을 대하는 태도가 중요하다. 사람들이 기피하고 혐오스럽게 여기는 일일지라도 접근 방식을 바꾸면 정반대의 결과가 나올 수 있다. 백해무익한 것은 세상에 없다.

보라,
산이
왔도다

선지자 마호메트가 아랍인들의 인정을 받기 전의 일이다. 알라의 계시를 받고 이슬람교를 창시한 그가 신의 가르침을 전하기 위해 군중 앞에 섰다.

　사람들은 그에게 먼저 산을 옮기는 기적을 보이라고 요구했다. 마호메트는 높은 언덕으로 올라갔다. 모든 사람들이 쳐다볼 수 있도록. 그러고는 건너편에 있는 커다란 모래 산을 향해 소리쳤다.

　"산아! 산아! 네게 이르노니 당장 이리로 오너라!"

　사람들이 뚫어지게 쳐다보았지만 모래 산은 꿈쩍도 하지 않았다. 때마침 낙타 한 마리가 "히이잉!" 하고 정적을 깨뜨릴 뿐이었다. 마호메트가 다시 소리쳤다.

　"산아! 다시 한 번 네게 이르노라. 냉큼 내게로 오너라!"

　하지만 모래 산은 이번에도 움직이지 않았다. 사람들이 웅성거리자 그가 또 소리쳤다.

"네가 오지 않으면 내가 그리로 가겠노라!"

마호메트는 언덕을 내려와 모래 산을 향해 성큼성큼 걸어갔다. 잠시 후 수많은 사람들을 굽어보며 외쳤다.

"보라! 산이 내게로 왔도다."


여기서 산이란 '신'을 지칭한다고 한다. 신에게 구원을 갈구했으나 신께서 오지 않는다면 내가 신에게로 가야 한다는 것이다. 마호메트의 일화는 세상을 대하는 지혜를 알려준다.


사람들은 친구들이나 직장 동료들이 나와 맞지 않는다고 불평한다. 왜 그들이 나에게 맞추어야 하나? 그들이 내 마음에 들지 않으면 내가 맞추면 되지 않는가.

아름다운 장미꽃을 보려면 내가 꽃에게로 걸어가야 한다. 장미에게 아무리 소리를 질러봐야 소용이 없다.

행복을 원하거든 내가 행복에게로 다가가야 한다. 머릿속에 든 부정적인 생각과 세상을 원망하는 태도를 감사와 긍정으로 180도 돌려놓아야 한다. 자기는 꿈쩍도 하지 않으

면서 행복이 찾아오지 않는다고 탓해 봐야 상황은 개선되지
않는다.


　마하트마 간디는 "세상이 변하는 것을 보고 싶다면 너 스
스로 변해야 한다."고 말했다. 세상을 바꾸려하기 전에 나
자신부터 바꾸라는 주문이다. 나를 변화시키지 않고선 진정
한 삶의 개선은 불가능하다.
　마호메트의 가르침은 이것이다. 내 밖의 모래 산이 아니
라 내 안의 모래 산을 옮겨라!

# 나미브 사막의 수행자

눈치 없이라도
오오기만을
먹어 산다

남아프리카 나미브 사막에는 고독한 수행자가 살고 있다. 하찮은 물방울을 보석처럼 여기는 풍뎅이다.

열흘에 한 번 정도 사막에 안개가 끼기 시작하면 풍뎅이는 이 보석을 얻기 위해 가파른 모래 언덕을 오른다. 언덕의 높이는 대략 100m나 된다. 2㎝ 남짓한 풍뎅이 체구에 견주어 보면 사람이 에베레스트 산을 등산하는 격이다.

풍뎅이는 한시도 지체하는 법이 없다. 해가 뜨기 전에 언덕 꼭대기에 도착해야 하기 때문이다. 이윽고 정상에 닿은 풍뎅이는 먼 바다에서 촉촉한 산들바람이 불어오면 머리를 땅바닥으로 향한 채 물구나무를 선다. 풍뎅이 등짝의 돌기 끝에 안개 속의 수증기가 모여 물방울을 형성한다. 물방울이 점점 커지면 무게를 이기지 못해 돌기 아래로 굴러 떨어진다. 돌기 아래 부분에는 물방울이 잘 구르도록 매끈한 왁스 성질을 띠고 있다. 물방울들은 경사진 등을 타고 풍뎅이

입 속으로 흘러들어간다. 풍뎅이는 안개로부터 물을 만들어 내는 노하우로 생존을 이어간다. 풀 한 포기 자라지 않는 사막에서 한 달에 서너 번씩 이런 거룩한 의식을 치른다. 우리에게 하찮은 물방울 몇 개를 얻기 위해 거대한 모래 산을 기어오르는 고행을 마다하지 않는다.

말레이시아 열대우림에선 개미들이 집단으로 고행 의식을 치른다. 폭우가 내려 개미집으로 물이 흘러들면 일개미들이 우르르 몰려나온다. 힘을 합쳐 둥지 입구에서 몸뚱이로 빗물을 틀어막는다. 작은 몸집으로는 역부족이다. 물이 계속 새어 들어온다. 하지만 비가 그치고 몇 시간이 지나면 개미 둥지에는 빗물이 한 방울도 남아 있지 않다. 그 많던 빗물은 어디로 사라진 걸까?

궁금증을 참지 못한 독일 과학자 둘이 나섰다. 그들은 이 개미의 한 개체군을 프랑크푸르트 대학교에 있는 자신의 연구소로 옮겼다. '카타울라쿠스 무티쿠스'로 불리는 개미이다. 그들은 노란 색소를 탄 물 2㎖를 개미 둥지에 직접 주입했다. 그러자 개미들은 술을 들이키듯 노란 액체를 마시기 시작했다. 20분쯤 지나자 개미가 둥지 밖으로 한꺼번에 몰

려나왔다. 배 부위를 가파르게 들어 올려 물방울을 떨어뜨
렸다. 개미들이 노란 물을 소변으로 배출한 것이다.

과학자들이 여러 번 실험을 반복했지만 결과는 똑같았다.
2㎖의 물방울을 제거하기 위해 개미들이 오줌을 눈 횟수는
3천 번이나 되었다. 이들은 대개 물방울을 입에 머금었다가
소변으로 방출하는 방법으로 물을 수송한다. 다른 개미 종
에서는 물방울을 등에 지고 실어 나르기도 한다.

지상에 개미들이 번성하는 것은 이런 생존 비법을 터득하
고 있기 때문이 아닐까. 그 중에서도 합동 소변보기는 진화
의 극치이다. 독특한 문제 해결 방식도 놀랍지만 그들의 끈
기는 경탄을 자아내기에 충분하다. 고작 작은 물방울 하나
를 없애려고 3천 번을 반복하다니!

잠시 내 삶을 돌아보았다. 삶의 보금자리에 비가 새고,
돌부리가 앞을 가로막는 일이 없지 않았다. 그때마다 나는
3천 번을 오뚝이처럼 일어선 적이 있던가. 나미브 사막의
수행자는 오늘도 사막의 모래 언덕을 오를 것이다. 우리들
역시 포기하지 말고 삶의 언덕을 올라야 한다. 묵묵히 풍뎅
이처럼.

시냇물 소리가 아름다운 이유

깊은 산골에 맑은 시냇물이 흐르고 있었다.

"졸졸졸!"

산새들의 반주에 맞추어 쉬지 않고 청아한 목소리로 노래를 불렀다.

시냇물에게는 고민이 하나 있었다. 바로 물의 흐름을 방해하는 돌이다. 물길을 막는 돌만 없으면 더 신나게 노래를 부를 수 있을 것이라고 생각했다.

어느 날 나무꾼이 시냇가에 앉아 쉬고 있었다. 그는 맑은 물에 발을 담근 채 콧노래를 흥얼거렸다. 그때 시냇물이 나지막이 그를 불렀다.

"나무꾼님! 나무꾼님!"

화들짝 놀란 나무꾼은 주변을 둘러보았다. 시냇물이 자기를 부른다는 사실을 알고는 나지막이 물었다.

"왜 그러니?"

"저에게 청이 하나 있어요. 제발 제 앞을 가로막는 저 돌들을 치워주세요."

나무꾼은 맑은 물을 보내주는 시냇물에게 보답하기 위해 그의 청을 들어주었다. 땀을 뻘뻘 흘리며 물의 흐름을 방해하는 돌들을 모조리 치웠다. 그러자 시냇물은 쏜살같이 아래로 흘러갔다. 하지만 아무 소리가 나지 않았다. 시냇물은 그때부터 청아한 목소리를 잃어버렸다.

인생에서 만나는 걱정과 고난은 어쩌면 개울의 돌과 같은 것이 아닐까. 그것은 내 삶의 흐름을 방해하고 마음을 아프게 한다. 걱정과 고난이 찾아오면 시냇물처럼 자기에게서 빨리 사라지기를 바란다. 절이나 교회, 성당에 가서 "제발 고난이 멈추게 해주세요!"라고 기도한다. 그러나 걱정과 고난 없이는 영혼은 성장할 수 없다. 제대로 자라지 못해 발육 부진이 된다. 걱정과 고난의 돌이 없다면 우리 삶은 청아한 목소리를 잃어버릴 것이다.

아동작가 정채봉이 김수환 추기경에게 "사람에게 고통이 없다면 어떻게 될까요?"라고 물었다.

"몸만 자라고 마음은 자라지 않겠지요."

추기경의 대답이었다.

시냇물의 일생에서 고난이 어디 돌뿐이겠는가. 천길 벼랑이 앞을 가로막는 일도 있을 것이다. 시냇물은 그것에 주눅이 들지 않는다. 절벽을 뛰어내리는 물만이 폭포의 대장관을 연출할 수 있으니까. 세계인의 감탄을 자아내는 나이아가라 폭포도 그런 용기에서 탄생했다.

'축복하다'는 의미를 지닌 영어 bless 역시 고난과 관련이 깊다. '상처를 입히다'라는 뜻의 프랑스어 blesser에서 나왔기 때문이다. 축복은 고통을 거친 뒤에 오고 그런 과정을 이겨낸 사람만이 누릴 자격이 있다는 얘기일 것이다.

우리말 통쾌痛快의 의미도 이와 유사하다. 단어의 구성을 보면 '快(기쁨)' 앞에 '痛(아픔)'이 있다. 가슴이 뻥 뚫리는 유쾌함을 누리려면 고통이라는 대가를 먼저 치러야 한다는 뜻이리라.

화살은 시위를 뒤로 당겨야 앞으로 날아갈 수 있다. 그러니 삶이 그대를 뒤쪽으로 잡아끈다면 그대를 더 멀리 보내주기 위한 축복으로 여길 일이다.

# 긴 비는 영혼을 적시고

봄비다! 만물의 약동을 재촉하는 봄비다. 빗방울이 하얀 꽃망울을 잉태한 목련의 어깨를 토닥이고 길옆 플라타너스의 발가락을 적신다. 깊은 잠에 빠진 땅속 개구리의 이마에도 촉촉한 물기가 스밀 것이다.

동해 바다에도 봄비가 내린다. 그러나 곧장 바다로 떨어지는 빗방울은 진정한 기쁨을 누리지 못한다. 봄비에 목을 축이는 대자연의 환희를 느낄 기회를 갖지 못하는 까닭이다.

태어나자마자 이미 바다라는 목적지에 도달해 있다면 더 이상 흘러갈 곳이 없어진다. 꿈도 없고 목적지도 없는 삶, 어떤 번뇌와 방황보다 더 막막하지 않겠는가.

바다의 빗방울은 졸졸 흐르는 계곡이나 강물의 유장함을 알지 못한다. 들녘에 핀 노란 민들레나 산새의 노랫가락조차 한 번 접한 일이 없다. 삶의 의미나 철학이 끼어들 공간이 없다. 가장 넓은 영토를 차지했을지라도 그의 영혼은 아마 가장 빈약할 것이다.

그러니 빈손의 청춘들이여! 너무 자책하지 마라. 재벌의 아들로 태어나지 못한 것을 부러워 마라.

'경영의 신' 마쓰시타 고노스케 회장은 이런 말을 남겼다.

"나에게는 세 가지 복이 있다. 첫째 가난했기에 어려서부터 구두닦이, 신문팔이 등으로 세상의 경험을 두루 쌓을 수 있었고, 둘째 몸이 약해 항상 운동에 힘써 늙어서도 건강을 유지했으며, 셋째 초등학교도 졸업하지 못했기에 세상 사람들을 스승으로 여기고 언제나 배우는 일에 게으르지 않을 수 있었다."

짧은 비는 겉옷을 적시지만 긴 비는 영혼을 적신다. 깊이 고뇌한 만큼 삶도 깊어진다. 사람은 아픈 만큼 성숙해지는 법이다.

명심하라
하늘은 결코 인간에게
견딜 수 없는 슬픔을
주지 않는다는 사실을.

# Chapter 3

# 다른 태양을
# 찾아간들

천
번은
찍어라

싱싱을 다하면
다 되고
감동이다

글 쓰는 이에게 사진은 참 지난한 일이다. 나는 스마트폰으로 사진을 찍는다. 아무래도 카메라보다 화질이 떨어지게 마련이다. 특별한 촬영기술도 없다. 그래서 사진을 찍을 때 기술보다 반복 촬영하는 방법을 쓴다. 같은 대상을 여러 번 찍는 것이다. 가장 많이 찍은 꽃은 민들레이다. 아마 3천 번은 찍었을 것이다.

어떤 이는 "똑같은 것을 왜 그렇게 많이 찍느냐? 한 번에 정확히 찍으면 되지 않나?"라고 핀잔한다. 내가 반복 촬영하는 이유는 타인에게 감동을 주려면 나의 정성이 모아져야 한다고 믿기 때문이다. 대충 하는 마음으로는 한 사람의 가슴도 적실 수 없을 것이다.

성철 스님은 한번 마음먹은 일은 목숨을 걸고 정진했다. 정호승 시인이 잡지사 기자 시절에 겪었던 일이다. 시인은 성철 스님을 인터뷰하기 위해 해인사 백련암으로 갔다. 함께 간 사진기자가 바위에 앉은 스님을 보고 연거푸 카메라 셔터를 눌렀다.

"왜 그렇게 사진을 많이 찍노. 필름이 안 아깝나?"

스님의 물음에 정 시인이 "좋은 사진을 얻으려면 많이 찍어야 한다."고 대답했다. 그러자 스님은 "그러면 천 번을 찍어라!" 하고 말했다.


나비 박사 석주명은 나비에 관한 한 세계에서 가장 많은 샘플을 분석한 학자이다. 그는 생전에 이런 말을 남겼다.

"나는 논문 한 줄을 쓰려고 나비 3만 마리를 만났다."

그는 자신이 발견한 나비에게 우리 고유의 이름을 붙였다. 오늘날 나비에게 붙은 예쁜 한글 이름은 모두 그의 정성 덕분이다. 그의 육신은 오래 전에 우리 곁을 떠나갔지만 영혼은 아직도 우리 가슴에 날갯짓한다.


나는 정성의 힘을 믿는다. 정성을 다하면 하늘도 감동하는 법! 무슨 일이 잘 풀리지 않으면 환경을 탓하기 전에 자신의 정성이 부족하지 않은지 먼저 살펴야 한다. 그것이 정성을 대하는 자세이다.

지상의 생명체는 모두가 정성의 덩어리이다. 매일 대하는 쌀밥에도 숱한 이들의 땀과 손길이 배어 있다. 쌀 한 톨을 얻기까지 농부는 땀을 일곱 근 흘린다고 하지 않는가. 쌀을 뜻하는 한자 '미米'에는 십十자에 팔八자가 두 개 들어 있다. 사람 손이 88(八十八)번은 가야 쌀이 된다는 의미라고 한다.

내가 꽃을 찍는 천 번의 셔터에도 그런 간절함이 스며 있다. 그 천 번의 두드림이 민들레의 영혼을 깨운다. 민들레 꽃씨처럼 세상을 아름답게 수놓을 것이다.

# 어머 배터리가 나갔네

끊임없이
자신의 매력을
증식하라

해외여행을 다녀오느라 오랫동안 집을 비웠더니 차에 문제가 생겼다. 급히 어디를 가려고 시동을 걸었으나 꼼짝도 하지 않았다. 배터리가 방전된 것이었다. 보험사에 긴급 출동 서비스를 요청해 결국 새것으로 교체했다. 보험사 직원의 말로는 요즘 흔히 있는 일이라고 한다.

비단 차의 배터리뿐일까. 사람은 태어날 땐 모두 새것이지만 나이가 들면 신체 곳곳에 문제가 발생한다. 자주 고치고 수리해야 한다. 우리 영혼도 그렇다. 새로운 에너지로 충전하지 않으면 결국 방전되고 만다. 육신에 밥을 먹이듯 끊임없이 자신의 내면을 충전해야 한다.

삶의 배터리를 채우는 일은 자기 스스로 해야 한다. 누구도 대신해줄 수 없다. 배터리는 목숨이 끝나는 날까지 단 하나만 주어진다. 그러니 자기 배터리의 상태를 수시로 점검

하고 충전해야 한다. 어느 날 갑작스런 방전으로 내 삶이 꼼짝 못하는 일이 생기지 않도록.

삶의 배터리를 충전하는 소재들은 주위에 널려 있다. 새 소리와 들꽃, 재잘대는 아이들의 풍경은 그중 하나이다. 양서를 읽거나 신앙 생활을 하는 것도 좋은 방법일 것이다.


거친 바다로 출항하는 선박은 밑바닥에 '평형수'라는 물을 채운다. 평형수는 외부의 조류나 파도에 의해 배가 심하게 흔들릴 때 복원력을 발휘해 균형을 잡아주는 역할을 한다. 이것을 충분히 채운 배는 외부의 충격으로 선체가 기울어도 원래 상태를 재빨리 회복한다. 반대로 부족하면 중심을 잃고 끔찍한 재앙을 맞게 된다.

인생은 종종 항해에 비유된다. 그 항해에서 가끔 험난한 조류와 파도를 만날 것이다. 가족 중에 사고를 당하거나 사업을 하다 부도를 맞는 일도 생길 것이다. 그런 일로 내 인생의 배가 전복되지 않으려면 평형수를 가득 채워야 한다. 꿈, 희망, 사랑, 감사, 믿음, 긍정, 나눔…. 이것만 충분히 채우고 있으면 고난이 닥치더라도 삶을 추스를 수 있을 것이다.

당신에게도 언젠가 삶의 파도가 뱃전을 때리는 날이 올 것이다. 그 절체절명의 순간에 삶의 중심을 잡아주는 것은 무엇인가? 내면에 평형수가 충분히 채워져 있는가?

점검은 선장인 당신 스스로 해야 한다.

왜
보
다

어
떻
게

나는
어떻게 해야
하는가

"세상에 정말 나쁜 사람이 많은데 왜 하필 나에게 이런 일이 일어나는가?"

종종 우리는 이런 의문에 직면한다. 유대교 랍비 해롤드 쿠시너도 그랬던 모양이다. 오죽했으면《왜 선한 사람에게 나쁜 일이 생기는가》라는 책까지 썼을까.

쿠시너는 천성이 착한 사람이었다. 교회 목사로서 기쁜 나날을 보내던 어느 날 고난이 찾아온다. 생후 석 달된 아들이 조로증에 걸려 시름시름 앓게 된다. 열 살 나이에 팔순 노인처럼 늙어서 죽는 불치병이다.

랍비는 어린 아들의 고통을 지켜보면서 신에게 따져 묻는다.

"왜 나에게 이런 고통을 주십니까? 나는 정직하고 착하게 살려고 노력했는데, 이런 어려운 일이 벌어집니까?"

그는 깊은 기도와 고민 끝에 자신을 돌아보게 된다. "왜 나에게 이런 일이 벌어지나?"라는 예전 질문의 방향이 잘못되었음을 깨닫는다. 신으로 향하던 질문을 자신에게 돌려 자문한다.

"이런 일이 나에게 벌어졌으니 이제 나는 어떻게 해야 하는가?"

랍비는 결국 고난을 받아들이는 쪽을 선택한다. 그는 주위 사람들에게 이렇게 조언한다.

"고난 뒤에는 분명히 신의 축복이 있을 것이다. 고난은 당신이 충분히 이겨낼 능력이 있으니 신께서 주신 것이다. 신을 원망하지 말고 이겨내어라."

질문을 바꾸면 정답도 바뀐다. WHY가 아니라 HOW의 눈으로 보면 살길이 열린다. 병을 극복하기 위한 다양한 방법을 실행에 옮길 수 있고, 자기 삶을 반추하면서 아름다운 마무리를 준비할 수도 있을 것이다.

신이 착한 사람에게 고난의 짐을 지운 것은 그가 미워서가 아니다. 그 사람이 능히 무거운 짐을 감당할 힘을 지녔다고 판단했기 때문이다. 자기 영혼조차 추스르지 못하는 약골에게는 절대 무거운 짐을 맡기지 않는다.

여기 소 두 마리가 있다. 한 마리는 힘이 세고 다른 한 마리는 약하다. 당신이 주인이라면 어느 소에게 달구지를 끌게 하겠는가? 마찬가지로 사람이 지는 짐의 크기는 각자의 능력만큼 부여된다. 신께서 예수에게 인류 구원의 막중한 책임을 맡기신 것도 그런 이치이다.

한자 '어질 인仁'은 사람이 등에 두 개의 짐을 진 형상이라고 한다. 어진 사람이란 남의 고통을 외면하지 않고 그의 짐까지 지는 사람이라는 의미를 담고 있다. 그러니 나에게 부여된 삶의 짐이 무겁다고 푸념하지 마라. 타인의 짐까지 대신 지고 있는 '어진 사람'이라는 증거이니까.

이제 당신이 스스로를 향해 질문을 던질 시간이다.

"자, 일이 벌어졌으니 나는 어떻게 해야 하는가?"

# 인생마사

人生馬死

새해를 앞두고 친척 한 분이 글 선물을 보내왔다. 꾸러미를 풀었더니 위기에 대처하는 소와 말의 습성에 관한 내용이 들어 있었다.

소와 말이 저수지에 빠지면 둘 다 헤엄쳐 바깥으로 나온다고 한다. 수영 실력은 발놀림이 능숙한 말이 월등하다. 소보다 거의 두 배나 빠른 속도로 헤엄을 친다.

그러나 홍수가 나서 강물에 빠지면 사정이 달라진다. 소는 살아서 나오지만 말은 익사한다. 그 까닭은 이렇다. 말은 자신의 수영 실력만 믿고 물살을 거슬러 헤엄치려 한다. 한동안 버둥대다 결국 힘이 빠져 죽고 만다.

반대로 소는 물살을 이기려고 하지 않는다. 그냥 물살을 등에 지고 떠내려가면서 조금씩 바깥으로 헤엄친다. 그렇게 2~3km쯤 내려가다 강기슭에 발이 닿으면 엉금엉금 기어 나온다. 우생마사牛生馬死의 지혜이다.

어떤 선교사가 아프리카에 기독교를 전파하러 갔다가 오히려 큰 가르침을 배웠다고 한다. 그곳 원주민들과 함께 강을 건너다 우스꽝스러운 광경을 보게 되었다. 원주민들은 저마다 돌을 머리에 이거나 가슴에 안고 있었다. 선교사에게도 묵직한 돌을 하나 주더라는 것이다.

'미련한 사람 같으니라구! 그냥 건너면 될 일이지, 뭐 하러 무거운 돌을 들고 가나?'

선교사는 마지못해 돌을 받긴 했으나 이런 생각을 떨칠 수 없었다. 그는 강의 중간쯤에 이르고서야 그 연유를 깨달았다. 거센 물살에 휩쓸리지 않도록 사람들이 각자 돌을 드는 것이라고.

우리네 인생의 강은 눈에 보이는 강보다 훨씬 넓고 물살도 세다. 세상을 다 가진 듯이 자만하다가는 자칫 세파에 휩쓸릴 수 있다. 급류에 떠내려가지 않으려면 각자 무거운 돌을 하나씩 가슴에 안아야 한다. 돌의 이름은 인내라고 하고 겸손이라고도 한다. 부르는 이름은 저마다 다를 수 있다. 그러나 명심할 점은 물살을 거스르는 교만은 절대 안 된다는 사실이다.

송년 시즌이 되면 사람들은 지난 한 해를 돌아보게 된다. 삶의 강물에서 말처럼 너무 발버둥 치다 힘을 소진한 것은 아닌지. 자신의 얕은 지식을 과시하느라 정작 지혜의 강물은 보지 못한 건 아닌지. 자신의 지위나 힘만 믿고 거들먹거리며 물살을 거슬러 헤엄치는 것은 아닌지.

우마牛馬의 이야기를 하다 그만 인마人馬 얘기를 하고 말았다. 그러나 이것만은 명심하길. 인생의 강을 건너는 지혜는 자기를 낮추는 것에 있다. 겸손이 사람을 살리고 교만은 말을 죽게 한다. 인생마사人生馬死이다.

디오게네스의 청어

옛날 임금이 가장 평화로운 그림을 그린 화가에게 상을 내리겠다고 공표했다. 많은 화가들이 응모한 끝에 최종 후보작 두 편이 왕에게 올려졌다.

한 작품은 잔잔한 호수를 그린 것이었다. 호수 주변에 삐죽이 솟은 산과 파란 하늘에 둥둥 떠다니는 구름이 평화롭기 그지없었다. 신하들은 당연히 이 그림이 뽑힐 것으로 생각했지만 왕은 다른 그림을 뽑았다.

최우수작은 바위투성이의 민둥산을 배경으로 어두운 하늘에서 비가 내리는 그림이었다. 산 계곡에 폭포가 거품을 일으키며 떨어지고 있었고 하늘에선 번개가 쳤다. 평화로운 풍경과는 거리가 멀었다. 폭포 옆 바위 틈에는 풀들이 자라고 있었다. 그림을 살피던 왕은 그 속에서 어미 새가 둥지에 앉아 알을 품는 모습을 보고 무릎을 쳤다.

"바로 저거야!"

그렇다. 평화란 소음이 전혀 없는 절대적인 고요를 의미하지 않는다. 그것은 적막일 뿐이다. 걱정이나 소음이 없는 상태가 아니라 폭포수가 쏟아지는 엄청난 굉음 속에서도 마음의 평정을 유지하는 것이 바로 평화이다.

철학자 디오게네스는 "마음의 평정을 얻으려면 무엇을 해야 하느냐?"는 제자의 질문에 이렇게 대답했다.

"청어 한 마리를 끈에 매달아 마을에 끌고 돌아다녀 보거라. 그러면 사람들이 너에게 조롱과 야유를 퍼부을 것이다."

제자는 고개를 갸웃했다. 사람들이 야유를 보내면 마음이 더 혼란스러워질 것이기 때문이다. 그때 스승이 말을 이었다.

"마음의 평정을 향한 첫걸음은 '남이 나를 어떻게 볼까' 하는 생각을 떨쳐버리는 것이네."

마음의 평화를 얻으려면 주변의 영향에 일희일비하지 말아야 한다. 일상의 자질구레한 걱정 따위는 민감하게 받아들이지 않는 게 좋다.

미국 정신과 의사 조지 월튼은 자신이 상담한 환자들의 걱정거리를 분석한 결과 이런 결론에 도달했다. '걱정의 40%는 현실에서 절대 일어나지 않는 것이고, 30%는 이미 일어난 과거에 대한 것이고, 22%는 아주 사소한 것들로 걱정할 필요가 없는 일에 관한 것이고, 4%는 사람의 힘으로 어쩔 도리가 없는 것이다. 결론적으로 나머지 4%만이 사람이 바꿀 수 있는 일에 대한 것이다.' 평소 우리들이 하는 걱정의 96%가 부질없는 걱정이라는 얘기이다.

일상생활을 영위하는 과정에서 온갖 걱정거리가 생기게 마련이다. 걱정이 없는 사람은 없다. 있다면 무덤 안에서 잠자는 자들뿐일 것이다. 그러므로 마음의 평화를 누리기 위해선 걱정이 없기를 바라기보다는 그것을 대하는 자세부터 바꿀 일이다. 인생에선 걱정과 비판이 매일 폭포수처럼 쏟아진다. 그 속에서 평정을 찾는 자만이 진정한 평화를 누릴 자격이 있다.

아모르
파티

라틴어에 '아모르 파티Amor fati'라는 말이 있다. 네 운명을 사랑하라는 뜻이다. 자기에게 주어진 조건들을 사랑하고 최선을 다하라는 의미를 담고 있다.

아모르 파티는 '초인超人의 철학자' 프리드리히 니체의 핵심 사상이다. 초인은 초능력을 가진 사람이 아니라 자기 안에 있는 무한한 힘을 발휘하면서 자기 삶의 주인으로 살아가는 사람을 일컫는다. 네가 네 삶의 주인이 되어 운명을 헤쳐가라는 것이 니체의 주문이다.

니체는 자기 삶을 만들어가는 주체적인 삶을 살고자 노력했다. 그는 셋방을 전전했고 겨울에도 냉방에서 자야 할 정도로 가난했다.

이런 환경 속에서 《짜라투스트라는 이렇게 말했다》라는 철학서를 펴냈다. 책은 생전에 겨우 7권밖에 팔리지 않았다. 그는 굴복하지 않고 운명에 도전장을 내밀었다. 이 책에서 니체는 폭풍 같은 사자후를 토해낸다.

"사람이 왜 태어났는지 아직 정답은 없다. 하지만 태어난
존재라면 죽기 전까지 열심히 살아야 후회가 없다. 누구에
게든 똑같은 시간과 순간이 주어지지만 그걸 어떻게 만들
어 나갈지는 온전히 자신의 몫이다."

니체는 고난을 피하지 말고 적극적으로 극복해 위대한
길로 나아가라고 당부한다. 그가 백절불굴의 정신을 역설
한다.

"가장 훌륭하고 가장 알찬 결실을 남긴 사람들의 삶을 찬찬
히 뜯어보면서 그대 자신에게 악천후와 폭풍을 견디지 못
하는 나무들이 장래에 거목으로 훌쩍 자랄 수 있는지 한번
물어보라. 불운과 외부의 저항, 어떤 종류의 혐오, 질투,
완고함, 불신, 잔혹, 탐욕. 이런 것들을 경험하지 않고는
어떤 위대한 미덕의 성장도 좀처럼 이룰 수 없다."

사람은 누구나 성공과 행복을 바란다. 그러나 100% 완벽한 성공, 100% 순결한 행복은 존재하지 않는다. 성공에는 실패가 도사리고 있고, 행복에는 불행의 불순물들이 혼재되어 있다. 불행과 실패를 한 번도 맛보지 않고서 행복과 성공의 단맛을 즐기는 길은 없다.

삶의 길은 매끈한 아스팔트로만 포장되어 있는 게 아니다. 인생에 기쁨만 있고 고통이 없다면 삶은 단조롭고 영혼은 빈약할 것이다. 고난을 겪지 못한 재벌 2세들이 실패와 겸손의 가치를 알지 못하는 것은 그런 연유이다.

바윗돌처럼 단단한 운명일지라도 당당히 맞서면 운명은 슬그머니 꽁무니를 빼기 시작한다. 만약 당신이 비겁하게 등을 보이면 운명이란 녀석은 당신 뒤를 평생 졸졸 따라다닐 것이다.

운명은 불가항력의 존재가 아니다. 팔자(8자)를 옆으로 누이면 무한대를 의미하는 기호 ∞가 된다. 만약 가혹한 팔자가 당신 앞을 가로막는다면 그것을 때려눕혀라. 그러면 당신에게 무한대의 가능성이 열릴 것이다.

# 다른 태양을 찾아 간들

'어디론가 훌쩍 떠나고 싶다!'

여행은 분주한 일상에 지친 사람들에게 뿌리칠 수 없는 유혹이다. 옛날 그리스 아테네에도 여행마니아들이 적지 않았던 모양이다. 어떤 사람이 소크라테스에게 말했다.

"여행을 다녀왔지만 나아진 것이 별로 없습니다."

"여행하는 동안 줄곧 자기를 데리고 다닌 것이지!"

여행을 갔다 온 후에도 자기 아집의 굴레를 벗지 못한 사람들을 꼬집는 철학자의 일침이었다. 여행은 외지의 풍물을 구경하는 공간 여행의 속성을 띠고 있지만 자신을 탐험하는 과정이기도 하다. 여행을 통해 삶의 변화를 이끌어내야 훌륭한 여행이라고 할 수 있다.

프랑스 소설가 마르셀 프루스트는 "진정한 여행은 새로운 풍경을 보는 것이 아니라 새로운 눈을 갖는 것"이라고 했다. 여행은 세상을 발견하기 위한 수행이자 타인의 삶을 통해 자기 인생을 돌아보는 여정이다. 일상에서 벗어나 다른 문화를 접함으로써 신선한 감동과 충격을 자기 안으로 끌어들이는 것이다.

좋은 여행을 하려면 철저한 사전 준비가 필요하다. 옷과 신발과 칫솔을 챙기는 것은 필수! 여행용 캐리어가 점점 배불뚝이처럼 변할 것이다. 그러나 진짜 준비물은 따로 있다. 그것은 채우기보다는 비우는 일이다.

모든 이치가 그렇듯 채우려면 먼저 비워야 한다. 여행에서 새로운 것들을 담기 위해선 출발하기 전에 마음의 짐들을 덜어내야 한다. 소크라테스가 말한 것처럼 자기를 데리고 다녀선 안 된다. 가방은 채우되 마음은 비워야 한다.

일상의 걱정이나 고민 따위를 끌어안은 채 여행지를 돌아다닌다고 상상해보라. 여행의 활력과 해방감은커녕 마음은 녹초가 되고 말 터이다. 삶의 변화는 아예 기대하기도 어려우리라.

서울 생활이 각박하다고 제주도로 이사 간 사람이 있었다. 아름다운 섬으로 보금자리를 옮기면 자기 삶도 아름다워질 것이라고. 그러나 주변의 풍광은 바뀌었어도 삶은 예전 그대로였다. 오히려 더 바빠졌다. 그는 섬에서 새로 음식 장사를 시작했다. 친구들이 멀리서 찾아왔지만 반갑게 맞을 심적인 여유가 없었다. 친구들이 한마디 했다.

"야! 전원생활이 더 바쁘구나."

생활 터전을 바꾼다고 삶의 모습이 변할 리는 없다. 내 삶은 그림자처럼 어디를 가든 나의 뒤를 졸졸 따라다닌다. 내가 움츠려들수록 더 맹렬하게 나를 쫓아온다. 마치 스토킹과도 같다. 삶의 문제는 피한다고 없어지지 않는다. 스스로 무거운 짐들을 조금씩 내려놓을 때 비로소 가벼워질 수 있다.

세상의 비경을 보기 위해 굳이 먼 길을 떠날 필요는 없다. 나의 마음만 바꾸면 세상이 모두 별천지일 테니. 그래도 마음을 비우지 못하는 사람들을 향해 시인 호라티우스가 쓴소리를 던진다.


"다른 태양을 찾아간들 무슨 소용인가? 여기에서 멀리 떠나도 자기 자신을 떠날 수 없는 것을."

# 오십구비

五十九非

사랑은
가질 수 없고
아는 것이다

사람은 실수투성이다. 왜 안 그렇겠는가. 인간은 누구나 불완전체로 태어났으니. 세상에 나와서 혼자 걸음을 떼는 데에만 족히 1년은 걸린다. 만약 '나는 실수가 없고 완전하다'고 주장하는 사람이 있다면 그는 발전을 거부하는 사람이다. 과거의 수준에서 발육이 멈춘 성장지체일 뿐이다.

《장자》 즉양편에 '행년육십 이육십화行年六十 而六十化'란 말이 나온다. 위나라 현인 거백옥이 나이 예순이 되고 보니 생각하는 것이나 사물을 대하고 살아가는 태도가 60번 바뀌더라는 것이다. 매년 조금씩 고쳐나가면서 발전하고 있음을 의미한다. 그것이 진화의 원리이자 현명한 사람으로 거듭나는 비결인 것이다.

맹자도 비슷한 말을 했다. 그는 자신을 돌아보면서 "오십구비五十九非"라고 했다. 나이 예순이 되어 삶을 회고하였더니 59세까지 잘못되었더라는 것이다. 예전에 내가 옳다고 여겼던 것 중에서도 솔직히 그릇된 점이 많아 뉘우치고 있다는 고백이었다.

그러니 범부인 우리들로선 옳다고 끝까지 우길 일이 있겠는가. 내가 옳다고 고집할수록 내 잘못을 고칠 기회는 줄어들 것이다. 나이가 서른이라면 이십구비二十九非, 마흔이라면 삼십구비三十九非라는 심정으로 자신의 허물을 고쳐나가야 한다.

사실 인간은 제 눈의 들보를 못 보면서도 남의 눈에 있는 티는 잘 본다. 남보다 더 똑똑하다는 착각에 자주 빠진다. 자신은 알기 어렵고, 타인에게 충고하기가 쉬운 까닭이다. 고대 그리스인들이 '너 자신을 알라'는 글귀를 신전 기둥에 새기고 소크라테스가 사람들에게 이를 소리친 이유이기도 하다.

지식은 많이 아는 것이지만 지혜는 자신의 무지無知를 아는 것이다. 지식은 스마트폰 버튼만 누르면 온갖 것들이 지천으로 널려 있다. 하지만 그런 잡다한 지식들은 인생을 살아가는 데 별 도움이 되지 못한다. 삶에서 참으로 중요한 것은 자신이 아무것도 모른다는 사실을 아는 일이다. 나의 생각이나 주장이 틀릴 수 있음을 깨달아야 앞으로 변화나 개선이 가능하다. 성인 맹자도 자신의 잘못을 깨닫고 수없이 고쳤다. 하물며 매일 실수투성이인 우리들이야!

삶의

고릴라

마음으로 보아야
제대로
보인다

미국 하버드 대학교 심리학과에서 재미있는 실험을 했다. 실험 참가자들에게 흰 옷을 입은 사람 셋과 검은 옷을 입은 사람 셋이 농구공을 패스하는 동영상을 보여주었다. 그 이전에 흰 옷 입은 사람들이 농구공을 몇 번 패스하는지 세라고 미리 요청한 상태였다. 물론 대부분이 패스 횟수를 정확히 알아맞혔다.

실험은 여기가 끝이 아니다. 참가자들에게는 두 번째 질문이 기다리고 있었다.

"혹시 동영상에서 고릴라를 못 보셨나요?"

이 동영상에는 고릴라 분장을 한 사람이 농구공을 패스하는 사람들 가운데를 지나가는 장면이 들어 있었다. 실험 참가자의 절반 가량은 고릴라를 보지 못했다고 대답했다. 무려 9초 동안 고릴라가 가슴을 두드리며 카메라 바로 앞에 와서 얼굴을 들이밀고 사라졌는데도.

그것은 흰 옷 입은 사람이 공을 패스하는 것에 신경을 쓰느라 그 외의 것에 주의를 기울이지 않았기 때문이다. 사람들에게 공통적으로 나타나는 현상이자 우리가 세상을 보는 방식이기도 하다. 이런 현상을 '무주의無主義 맹시'라고 부른다. 사람들이 자기가 보려는 것에만 주의를 기울이느라 예상치 못한 사물을 알아차리지 못하는 현상이다.

《대학》에선 이를 가리켜 '심부재언 시이불견心不在焉 視而不見'이라고 한다. '마음에 있지 않으면 보아도 보이지 않는다'는 뜻이다. 마음이 콩밭에 있으면 보아도 건성으로 보게 되고, 무엇을 듣더라도 참된 의미를 알지 못한다는 것이다.

마음은 천 개의 눈을 가졌다. 마음으로 보아야 그 실체를 제대로 볼 수 있다. 연암 박지원은 "눈이란 있는 그대로 보는 게 아니라 마음이 시키는 대로 본다."고 말했다. 헛된 마음으로 보면 온 천지가 헛것으로 보이니 눈이란 믿을 게 못 된다는 것이다. 연암은 '눈 먼 장님 이야기'를 통해 사물을 인식하는 눈이 되레 잘못된 인식을 심어주는 일이 많다고 지적한다.

세 살 때부터 시력을 잃은 장님이 40년 만에 눈을 뜨게 되었다. 어느 날 그 사람이 외출을 했다가 그만 집으로 돌아가는 길을 잃어버렸다. 장님이었을 때는 온 신경을 집중해 길을 찾았으나 눈을 뜨고 나니 온갖 현란한 사물에 현혹된 탓에 길을 찾을 수 없었던 것이다. 그가 땅바닥에 주저앉아 울자 길을 가던 선비가 말했다.

"도로 눈을 감고 가시오!"

그 말에 그 사람은 눈을 감고 지팡이를 두드리며 무사히 집으로 돌아갈 수 있었다.


우리가 눈으로 보았다고 해서 모두 진실일 수는 없다. 하물며 직접 보지 않은 것들을 진실이라고 주장할 수 있을까. 마음으로 보아야 제대로 보인다. 마음의 눈을 뜨지 않으면 우리도 장님이 될 것이다.

# 야채인간이 되셨으니

진정 위대한 것은
알아차릴 수 없을
정도이며

아내가 혼자 배꼽을 잡고 웃고 있었다. 누군가 보내준 카톡을 읽는 중이었다. 건망증에 관한 유머를 일독한 아내는 나에게 곧바로 생중계하기 시작했다.

"커피숍에 갔다가 아메리카노라는 말이 생각나지 않아 '아프리카노 한 잔 주세요'라고 했대. 아들이 식물인간으로 누워 있는 사람에게 병문안 갔는데 식물이란 단어가 좀처럼 생각나지 않았대. 갑자기 점심 때 먹은 야채가 떠올라 이렇게 말했다는 거예요. '아드님께서 야채 인간이 되셔서 얼마나 마음이 아프시겠습니까?'"

함께 웃었지만 가만히 보니 그냥 웃어넘길 일이 아니었다. 나도 그런 일이 더러 있었으니까.

예전에 휴대폰을 집에 두고 출근한 적이 있었다. 아내에게 연락하려는데 도무지 휴대폰 번호가 생각나지 않는 것이었다. 평소 아내에게 전화할 때 단축번호를 꾹 눌러 사용하느라 전화번호를 기억하지 못한 탓도 있겠지만 정말 난감하기 짝이 없었다. 결국 수첩에 적힌 처형의 휴대폰 번호를 찾아 전화를 건 뒤 "집사람 전화번호를 가르쳐 달라."고 부탁했다. 그 민망함이란.

그러나 나는 갈수록 줄어드는 기억력에 더 이상 연연해하지 않기로 했다. 기억력의 감소로 잃는 것이 적지 않지만 망각으로 얻는 이점이 그 못지않기 때문이다. 내가 잊는 만큼 기억의 창고에 빈 공간이 생기고, 거기에 새로운 정보들을 저장할 수 있으니까. 세상의 온갖 잡동사니들을 뇌리에서 말끔히 지워주는 것도 망각이니까.

원망, 짜증, 갈등, 걱정 따위가 잊히지 않은 채 뇌 속에 잔뜩 쌓여 있다고 생각해보라. 아마 머릿속이 잡동사니 천지로 변할 것이다. 10년, 20년 전 원망과 걱정이 오늘 일처럼 생생하다면 삶은 또 얼마나 끔찍하겠는가.

그래서 미국 작가 앨버트 하버드는 "뛰어난 기억력은 멋지다. 하지만 진정으로 위대한 것은 잊어버릴 수 있는 능력이다."라고 말했다.

기억력의 감소는 '적자생존(적어야 생존할 수 있다)'으로 얼마든지 대처가 가능하다. 그러므로 우리가 해야 할 일은 머릿속을 채우는 것이 아니라 삶의 노폐물로 가득 찬 뇌의 저장고를 비우는 것이다. 사람들은 "마음이 무겁다."고 하소연한다. 그것은 쓸데없는 걱정거리들을 머리와 마음속에 수북이 쌓아놓고 있기 때문이다.

　연잎은 잎사귀에 빗방울이 떨어지면 또르르 말아 끊임없이 비워낸다. 자신이 감당할 수 없는 무게를 털어내는 것이다. 큰 잎을 가진 연이 거센 빗줄기를 맞고도 쓰러지지 않는 이유이다. 그 점에서 연은 인간의 스승이다. 우리도 머릿속을 지우고 마음을 비워야 한다. 과도한 삶의 무게로 넘어지는 일이 없도록.

인디언
광대

아메리카 인디언 부족에는 특별한 광대가 있다. 그의 역할은 다른 사람에게 시비를 걸고 화를 돋우는 일이다. 매일 아침 잠자리에서 일어나면 '오늘은 부족 구성원들에게 무엇으로 골탕을 먹일까'를 고민한다.

부족의 축제인 태양 춤 행사가 열리면 광대의 역할은 단연 돋보인다. 춤꾼들은 나흘 동안 땡볕 아래에서 먹지 않고 계속 춤을 춘다. 춤꾼들이 기진맥진한 상태에 이르면 드디어 광대들이 등장한다. 춤꾼들을 조롱하고 관중에겐 물총을 쏘면서 분탕질을 해댄다.

왜 광대들이 신성한 의식을 훼방 놓는 걸까? 그 까닭은 이렇다. 사람의 믿음은 외부의 유혹에 쉽게 흔들린다. 그래서 원래의 믿음을 잃지 않도록 광대들이 부족 구성원들에게 계속 혼란이나 자극을 주는 것이다. 광대들은 사람들을 화나게 만들어 그들 스스로 분노를 참고 통제하는 법을 익히게 한다. 인디언은 광대들을 삶에서 꼭 필요한 존재로 여긴다. 그들을 '성스러운 광대'라고 부르며 존경한다.

직장 생활을 해보면 껄끄러운 '광대'가 한 명쯤 있게 마련이다. '저 부장님이 은퇴하면, 저 과장님이 다른 부서로 가면 좋겠다'고 생각하는 사람들이 있을 것이다. 나중에 그 부장이 떠나고 자기가 부장 자리에 오르면 이제는 부하 직원이나 동료가 속을 썩인다. 자기를 괴롭히는 사람은 어디든 존재한다.

하지만 불편한 관계를 끝까지 추적해보면 대개는 자신에게로 귀착된다. 타인이나 사물을 대하는 나의 태도가 근본 문제이기 때문이다. 쉽진 않겠지만 나를 괴롭히는 사람이 있으면 '내 의지를 단단하게 만들어주는 광대가 나타나셨군!' 하고 생각을 바꿔보라.


나에게도 종종 광대들이 나타난다. 아무런 이유도 없이 '기생충 같은 존재'라는 카톡 메시지를 보내는 이들이 있다. 어떤 사람은 험한 욕설이 담긴 글을 보내기도 한다. 메시지를 읽자 순간적으로 화가 치밀었다. 그러나 그들이 나를 단

런시키는 광대라고 생각을 고쳐먹었더니 마음의 응어리가 풀어졌다.

인디언 축제에서 광대가 등장하지 않은 날이 있었다. 그 날 춤꾼들은 더위를 먹고 쓰러져 병원에 실려 가는 소동이 벌어졌다. 춤꾼들을 자극하는 광대가 없다 보니 긴장이 풀어져 생긴 일이라고 한다.

누가 알겠는가. 지금 당신을 골탕 먹이는 사람이 삶의 복사열에 당신이 쓰러지지 않도록 단단히 붙잡아주는 존재인지.

3 %
의 양심

양심은
우리 영혼의
면역세이터

우리가 버린 온갖 오물들은 바다로 흘러든다. 그런데도 바닷물은 썩지 않는다. 그 까닭은 바다의 조류가 쉴 새 없이 움직이고 플랑크톤이 오염물질을 먹어치우기 때문이란다. 가장 큰 요인은 소금 덕분이다.

바다의 염분 농도는 3% 정도이다. 겨우 3%가 나머지 97%의 물을 건강하게 만들어주는 것이다. 마찬가지로 사람에게도 영혼의 건강을 지켜주는 '소금'이 있다. 바로 양심이다.

인간을 창조한 신께서는 인간의 행동을 일일이 지켜보고 관여할 수 없다. 그래서 신의 대신자로 양심을 세워두었다. 양심이란 불침번은 조는 법이 없다. 언제 어디서나 우리 뒤를 졸졸 따라다닌다. 당신이 화장실을 가든, 멀리 해외여행을 떠나든.

서양철학을 집대성한 임마누엘 칸트는 양심을 매우 소중

히 여겼다. 칸트의 아버지에게는 이런 일화가 전해진다.

아버지가 말을 타고 숲속을 지나가다 강도떼를 만났다. 소지품을 모두 빼앗은 강도들이 "이게 전부냐?"고 묻자 칸트의 아버지는 "더 이상 가진 게 없다."고 대답했다. 강도에게서 벗어난 그가 길을 가는데 옷 안에서 뭔가 묵직한 것이 손에 잡혔다. 금덩이였다. 칸트 아버지는 도로 강도들을 찾아갔다.

"당신들이 조금 전에 '네 소지품이 이게 전부냐?'고 물었죠. 그때는 정신이 없어서 이걸 옷 안에 넣어둔 걸 깜빡했습니다."

멘붕이 된 강도들! 양심 앞에 도심(盜心)을 잃은 강도들은 빼앗은 물건을 모두 돌려주었다.

이런 아버지 밑에서 자랐으니 아들 칸트의 양심은 어떠했을까. 칸트는 철학의 중심에 인간의 양심을 세웠다. 그는 자신의 묘비에 이런 글을 새겼다.

'나에게 항상 새롭고 무한한 경탄과 존경심을 일으키는 두 가지가 있다. 그것은 하늘에 반짝이는 별과 내 마음의 도덕률이다.'

칸트가 말한 하늘의 별은 요즘 도시의 하늘에선 좀처럼 보기 어렵다. 하지만 아무리 도회지 불빛이 찬란할지라도 수많은 별들이 나를 내려다본다는 사실에는 변함이 없다. 돈과 권력에 찌든 세상일지라도 마음속에 양심이 별처럼 반짝인다는 사실 역시 바뀌지 않는다. 그 3%의 양심이 우리 영혼에 방부제 역할을 한다.

페르시아의 흠

의 흠

남편은 왜 저런 행동을 할까? 아내는 왜 잔소리만 늘어놓을까? 왜 동료는 미운 짓만 골라서 하지? 이런 푸념을 하는 사람이 적지 않다. 그러나 내가 불평을 쏟아내도 상대방은 잘 바뀌지 않는다. 나의 힘으로 타인을 변화시키려는 시도는 대체로 성공하기 어렵다.

스스로 돌아보라. 나의 습관 하나 고치기가 얼마나 어려운지. 타인의 충고를 듣고 내가 얼마나 개과천선했는지. 인간은 누구나 고집불통이다. 사람에 따라 다소 차이만 있을 뿐.

뉴질랜드의 오클랜드 대학교 슈리너 히라 교수가 애인이 있는 160명에게 두 개의 질문을 던졌다.

"내가 달라지려고 노력해야 합니까?"

"상대방이 달라지려고 노력해야 합니까?"

히라 교수는 그 후 이들 커플의 변화를 오랫동안 관찰했다. 그 결과 "상대방이 달라져야 한다."고 했던 커플들은 관계가 개선되지 않거나 도리어 악화되었다. 상대방을 바꾸려는 시도가 변화를 이끌기는커녕 반발을 불러일으켰기 때문이다. 반면 "내가 달라져야 한다."고 응답한 커플들의 경우 대체로 관계가 좋아졌다.

히라 교수의 조사에서 보듯 '나는 변하려고 노력하는데 상대는 하지 않는다'는 주장은 대개 허구이고 인간관계만 악화시킬 뿐이다. 당신의 말대로 설사 상대의 행동이 요지부동이라고 치자. 그런 경우에도 최소한 그를 보는 나의 관점을 살짝 바꿔보라. 그의 모습이 예전과는 달리 비칠 것이다. 상대방이 먼저 달라져야 한다고 주장하는 것은 자기는 옳고 상대는 그르다는 확신에 근거한다. 중대한 착각이다.

사람은 누구에게나 결점이 있다. 말과 행동을 보면 실수투성이다. 우리가 합리적이라고 믿는 이성에도 불완전한 구석이 많다. 세계 최고의 품질을 자랑하는 페르시아 카펫 역시 흠집이 있다고 한다.

페르시아 카펫을 만드는 장인들은 멋진 카펫을 완성하면 가게 앞에 그것을 깔아놓고 행인들이 밟고 지나가게 한다.

밝을수록 선명한 색상이 드러나기 때문이란다. 진짜 고수들은 완성된 카펫에 일부러 작은 흠집을 낸다. 그것을 '페르시아의 흠'이라고 한다.

아마존의 어떤 인디언 부족은 모두 구슬 목걸이를 차고 다닌다. 그런데 40여개의 구슬 중에서 유독 하나가 깨어져 있다. 상처 없는 구슬 가운데 상처 입은 구슬 하나를 끼워 넣어 목걸이를 완성한 것이다. 인디언들은 그 깨진 구슬을 '영혼의 구슬'이라고 부른다.

사람들은 무결점의 인간이 되기를 원한다. 그것은 인간의 자만이다. 하늘 높이 올라가려다 죽은 이카로스의 자만이고, 높은 탑으로 하늘의 권위에 도전했던 바빌론 사람들의 교만이다. 인간은 완벽할 수 없고 완벽 속에는 영혼이 존재하지 않는다는 것이 아마존 부족의 가르침이다.

사랑하는 사람들이여! 인간은 원래 불완전한 존재이다. 상대를 완전체로 만든 후 사랑하려면 아마 백년이 걸려도 어려울 것이다. 사랑을 하려면 불완전한 그대로 사랑하라. 그 편이 훨씬 쉽고 인간적이다.

내
가

서

있
는

자
리

시골에서 사는 두 아이가 서울로 전학을 오게 되었다. 한 아이는 강남에, 다른 아이는 강북의 강변에 살았다. 한참 지나 둘이 사생대회에서 만났다. 각자 한강변의 모습을 풍경화로 그렸다.

"야, 한강 풍경이 왜 이래?"

"뭐야, 네 그림이 더 이상하잖아!"

강남의 아이가 지적하자 강북의 아이도 지지 않고 소리쳤다. 똑같이 한강 변 모습을 그렸지만 풍경이 너무 달랐던 것이다. 강남의 아이는 한강 북쪽 구릉지의 집과 교회를 화폭에 담았고, 강북의 아이는 강남의 아파트와 빌딩 숲을 그렸다. 각자 자기 집 창밖으로 보인 풍경을 그린 것이었다.

입장立場이란 '내가 서 있는立 자리場'이다. 사람은 누구나 자기를 중심에 놓고 생각한다. 나를 기준으로 상하를 나누고 좌우로 구별한다. 두 사람이 나란히 서 있을 경우 내 입장에서 보면 상대가 오른쪽에 있을지라도 상대의 입장에선 나는 왼쪽에 위치하게 마련이다.

사람 간의 갈등이나 이견도 이런 시각의 차이에서 비롯된다고 봐야 한다. 각자 다른 생각과 경험을 토대로 사물을 바라보기 때문이다. 나는 내가 서 있는 자리에서 상대를 보고, 상대는 그의 자리에서 나를 보는 식이다.

우리는 자신의 경험, 지식, 환경 등에 의거해서 대상을 해석하고 판단한다. 그 영향 속에서 자기가 이해한 만큼 사물을 보고 판단한다. 타인과의 갈등을 줄이려면 이러한 차이를 서로 인정하고 존중해주어야 한다. 자신의 관점만 옳다고 고집하면 갈등은 커질 수밖에 없다.

더구나 인간은 공정한 심판관이 아니다. 타인이 보기에 왜곡된 선입관이 분명한데도 자신은 옳다고 믿는다. 내가 가진 것이나 나의 언행에 후한 평가를 부여하는 경향이 있다. 정도의 차이는 있지만 '내로남불'의 성향은 누구에게나 있다고 봐야 한다.

미국에서 일반인 1천명에게 유명 인사들의 명단을 보여

준 뒤 "이 사람이 죽어서 천국에 갈 거라고 생각하느냐?"고 물었다. 테레사 수녀의 경우 응답자의 79%가 천국에 갈 거라고 말했다. 마이클 조던은 65%, 다이애너 왕세자비는 60%였다. 그러나 가장 높은 점수를 받은 사람은 따로 있었다. "당신이 천국에 갈 거라고 생각하느냐?"는 질문에 87%가 "예스!"라고 대답했다고 한다. 테레사 수녀보다 천국에 갈 확률이 높다고? 아무리 생각해도 납득이 가지 않는다. 그것이 남의 일에 함부로 심판관을 자처하는 우리의 판단 기준이다.

인디언들은 "내가 상대방의 모카신을 신고 1마일을 걷기 전에는 상대방을 판단하지 마라."고 가르친다. 모카는 한 장의 가죽으로 만든 인디언의 구두이다. 남의 모카신을 신고 다니면 자기 발에 맞지 않아 물집이 잡힐 것이다. 그런 고통을 감수하고 그의 처지에서 생각해야 타인의 대한 이해가 가능하다.

나의 판단을 잠시 접고 상대의 처지를 떠올려 보라. '오해의 문'이 닫히고 '이해의 문'이 열릴 것이다.

어떤 늑대에게 먹이를 주고 있나

문득
행복하고 싶은
지점이 생기는
밤이다

우리가 사는 세상은 몇 개일까? 무슨 뚱딴지같은 질문이냐고 생각하는 분들이 있을 것이다. 우리가 사는 지구는 하나이고 우주도 분명 하나이니까. 그런 과학적 사실을 부인하진 않는다.

질문의 방향은 객관적인 세계가 아니라 주관적 세계를 가리키는 것이다. 사람은 태어날 때부터 자기가 보고 들은 것을 재료로 하나의 세계를 창조한다. 각자 고유의 정신세계를 만들어간다. 70억 인류에게는 70억 개의 세계가 존재하는 셈이다. 《화엄경》은 이렇게 역설한다.

"마음은 그림을 그리는 화가와 같아서 능히 모든 세상을 다 그리네. 만물이 모두 이 마음에서 생겨나니 만들지 못하는 것은 하나도 없다."

신비주의 작가 제임스 앨런은 "당신이 대하는 세계는 당신 자신의 반영이다."라고 말했다. 각자 자기가 본 대로, 생각하는 대로 자신의 세계를 만들어간다는 뜻이다.

사람은 눈으로 사물을 본다고 하지만 실은 눈으로만 보는 게 아니다. 일단 눈이라는 감각기관에 사물이 포착되면 시신경 회로를 통해 다양한 시각정보가 뇌로 전달된다. 뇌는 그 정보를 해석하고 가공하고 판단한다. 여기에는 자기가 가진 지식, 경험, 가치관 등이 총동원된다. 사람마다 축적된 경험 등이 다르므로 사물에 대한 해석도 당연히 다를 수밖에 없다.

예를 들어 길을 걷다 민들레꽃 한 송이를 보았다고 치자. 농부는 따스한 봄날 논두렁 위에 핀 고운 자태를 연상할 것이고, 정원사는 푸른 잔디밭에 뿌리를 내린 잡초쯤으로 여길지 모른다. 뿌리의 쓴 맛을 떠올린 주부는 눈살을 찌푸릴 터이고, 시인은 아스팔트 틈새에서 꽃을 피운 질긴 생명력에 찬사를 보내리라. 이렇게 민들레 하나를 놓고도 사람마다 각자 느낌이 다르다. 이런 식으로 평생에 걸쳐 자기 나름의 세계를 만들어가는 것이다.

사람은 누에가 자기 입에서 실을 뽑아 고치를 짓듯이 평소의 생각과 말로 자신의 집을 짓는다. 양지를 추구하는 사람은 긍정적인 생각으로 '감사의 집'을 짓는다. 음지를 좇는 사람은 부정적인 생각으로 '원망의 집'을 만든다. 감사의 집에는 새 소리, 바람소리, 파란 하늘이 있지만 원망의 집에는 찢어지는 소음으로 요란할 것이다.

만약 어떤 사람의 주위에 어두운 일들로 가득하다면 부정적인 생각과 언어가 홍수를 이룬 결과라고 보면 된다. '헬조선'이라고 소리치는 사람이 있다면 그에게는 정말 지옥 같은 일만 벌어질 것이다. 그 자신이 평소 지옥의 재료들을 그러모았기 때문이다.

인생에서 중요한 것은 내 바깥에서 일어나는 객관적인 세계가 아니다. 나의 삶을 구성하는 주관적인 세계를 아름답게 꾸미는 일이다. 나의 세계를 증오와 원망의 집으로 지을 것이냐, 사랑과 감사의 집으로 지을 것이냐? 선택은 각자가 한다.

할아버지 추장의 일화는 우리가 어떻게 자신의 세계를 만들어가야 하는지를 알려준다. 추장이 손자에게 말했다.

"우리 모두의 마음속에는 두 마리 늑대가 싸우고 있단다. 분노·슬픔·탐욕의 늑대와 사랑·소망·인내의 늑대 말이다."

"할아버지, 그럼 어떤 늑대가 이기나요?"

어린 손자가 묻자 추장이 대답했다.

"그야 네가 먹이를 주는 놈이지."

삶이란 그저 주어지는 것이 아니라 자신이 생각하고 선택하여 만들어가는 것이다. 자기가 처한 현실에서 무엇을 어떻게 할 것인가를 고심하고 선택하면서 스스로 자기 세계를 만들어간다는 얘기이다.

밝은 생각이 들다가도 어두운 생각이 불쑥 고개를 드는 게 우리의 마음이다. 그것은 우리가 부정적인 사물에 한눈을 판 탓이다.

정말 우리는 어떤 늑대에게 먹이를 주고 있나?

높은 곳에 있어도
눈을 감고 있으면
반짝이는 별을 볼 수 없다.

# Chapter 4

# 모든 날이
# 좋았다

사랑하라
죽는 날까지

사랑은
그대 곁의
불꽃이다

결혼식에 온 하객들이 주례의 말씀을 기억하는 일은 드물다. 그런데 심금을 울리는 주례사 하나가 내 기억의 창고에 고스란히 남아 있다. 감동의 주례사를 해주신 그분은 그날 주례가 처음이라고 했다. 주례는 결혼식을 앞두고 신랑 신부를 따로 만나 숙제를 내주었다. 서로에게 손편지를 쓰라고. 그러고는 편지를 액자로 만들어 결혼식장에서 신랑과 신부에게 선물로 주었다. 주례는 액자에 든 편지의 한 대목을 하객들에게 들려주었다.

"우리가 살다보면 설렘은 없을지 몰라. 하지만 이것 하나만은 약속할 게. 네가 기쁠 때 내가 기쁘고, 네가 아플 때 나도 아플 거라는 걸.(신랑)"

"처음 오빠와 만났던 날을 기억하고 있어. 영원히 변치 않는 사랑을 약속할 게.(신부)"

주례는 신랑 신부의 편지에서 약속의 소중함을 다시 생각하게 되었다고 말했다. "약속이 있기에 인내할 수 있고 약속이 있기에 성숙할 수 있다."면서 사랑의 약속을 끝까지 지킨 미국 로버트슨 맥퀼킨 대학 총장의 이야기를 들려주었다.

맥퀼킨은 1949년 뮤리엘과 화촉을 밝혔다. 컬럼비아 국제대학교 총장으로 재직하던 어느 날, 아내 뮤리엘이 치매에 걸린 사실을 알게 되었다. 결국 모든 기억을 상실한 아내는 남편이 없으면 극심한 불안감을 느꼈다.

이 모습을 지켜본 남편은 1990년 중대 결심을 하게 된다. 22년간 수행하던 대학 총장직을 내던진 것이다. 교직원과 주위 사람들이 만류하자 "나는 아내를 돌보는 것이 대학 총장직을 수행하는 것보다 중요하다."고 말했다. 그분의 퇴임사 중 한 단락이다.

"내 생애 중요한 사안마다 쉬운 결정은 없었어요. 그러나 오늘 결정은 가장 확실하고 쉬운 결정입니다. 오늘 결심은 저의 상황이 그럴 수밖에 없기 때문이지요. 아내 뮤리엘은 저와 함께 있으면 기뻐하지만 떨어져 있으면 덫에 걸린 사람처럼 매우 두려워합니다. 저를 찾지 못하면 큰 공포에 빠집니다. 이젠 아내와 24시간 함께 있어야 합니다. 저는 결혼식에서 약속했어요. 건강하거나 병들거나 항상 지켜주겠다고. 저는 약속을 지키는 남자가 되려 합니다. 아내는 저를 위해 40년간 저의 오늘이 있도록 희생했기에 이제 제가 아내를 위해 40년을 돌보아도 빚진 사람이 됩니다. 그러나 더 중요한 건 아내를 돌보는 것이 의무가 아니라 특권이라는 것입니다. 저는 아내를 깊이 사랑합니다. 아내와 함께 있는 것이 즐겁습니다. 아내를 돌보는 것은 큰 영광입니다."

맥퀼킨의 이야기는 《서약을 지킨 사랑》이라는 에세이로도 출간되었다. 부부가 결혼식장에서 맹세한 서약을 끝까지 지키기란 결코 쉽지 않다. 하지만 맥퀼킨 총장처럼 나의 의무가 아니라 특권처럼 여기면 어떨까. 상대에게 한 약속은 자기만이 지킬 수 있는 신성불가침의 성역이니까.

사랑하라. 죽는 날까지!

두 사람이 사랑의 약속을 지킬 수 있는 것은 그대들만의 특권이다.

얼마나 멋진 세상인가

인생에 움찔거리 않다

인생엔 공짜가 없다. 감미로운 세상을 맞이하기 위해서는
고난의 시간을 견뎌야 한다. 고진감래이다. '재즈계의 아인
슈타인'으로 불리는 흑인 음악가 루이 암스트롱의 삶이 그
러했다. 그의 'What a Wonderful World' 가사를 기억
하는가.

　　푸른 나무와 빨간 장미를 본다네.

　　당신과 나를 위해 피었다네.

　　그리고 조용히 생각하네.

　　이 얼마나 멋진 세상인지!

　가슴 밑바닥에서 끌어올리는 그의 탁성은 언제 들어도 일
품이다. 재즈 연주자이자 가수로서 불후의 족적을 남기기까
지 암스트롱의 삶은 순탄하지 않았다. 인생 찬가를 부른 그

였지만 삶의 시작은 매우 초라했다. 그는 어둡고 칙칙만 매춘 소굴에서 자랐다. 태어날 당시 생부는 빈민가의 날품팔이 노동자였고, 어머니는 겨우 열다섯 살의 십대 미혼모였다. 아버지는 아들이 걸음마를 익히기도 전에 다른 여자와 눈이 맞아 집을 나가버렸다. 어머니는 매춘으로 돈을 벌어 그날의 생계를 이어갔다. 어린 암스트롱은 폐품을 팔아 가계를 도왔다.

열세 살 무렵엔 의붓아버지의 권총을 공중에 쏘아대는 장난을 치다 소년원에 들어갔다. 그에게는 매춘굴보다 감옥의 환경이 더 나았을지 모른다. 암스트롱은 인생 막장이나 다름없는 그곳에서 꿈의 씨앗을 키웠다. 소년원의 브라스 밴드 마스터에게서 처음으로 음악 교육을 받고는 재즈 연주자가 되기로 결심했다.

그에게는 새치모Satchmo라는 별명이 따라다닌다. '입이 큰 녀석satch-mouth'이란 뜻의 영어 속어이다. 트럼펫을 잘 불기 위해 입술을 찢었기 때문이란다.

세계에서 가장 위대한 트럼펫 연주자라는 찬사 뒤에는 이런 집념과 고난이 숨어 있었던 것이다.

암스트롱이 말년에 폐암으로 눕게 되자 소련 시인 예브게니 옙투센코는 "천사 가브리엘이여. 루이 암스트롱에게 트럼펫을 내려주소서!"라는 시를 헌사했다.

아마 그는 천국에서도 멋진 인생을 노래하고 있으리라. 암울한 성장 환경에서 멋진 삶의 대서사시를 완성한 암스트롱. 그의 삶은 우리에게 어떻게 인생을 연주해야 하는지를 살짝 귀띔해준다.

돈
보
다

꽃

인간이 꽃을 사랑한 지는 꽤나 연원이 깊다. 족히 수십만 년은 거슬러 올라간다. 이라크 북부 샤니다르 동굴에 있는 네안데르탈인 무덤을 발굴했더니 꽃가루가 발견됐을 정도이다. 그 꽃은 동굴 주변에선 피지 않는 꽃이라고 한다. 먼 곳에서 꽃을 꺾어 와서 죽은 자의 무덤 위에 뿌렸다는 얘기가 된다.

꽃은 인간의 생존과는 직접적인 연관이 없다. 영양분이 거의 없고 먹어도 포만감을 주지 않는다. 대체 어떤 동물이 아무 쓸모도 없는 꽃을 좋아한단 말인가. 무슨 연유로? 그것은 인간이 아름다움과 희망을 추구하는 존재이기 때문이다.

꽃은 인간이 원시 동굴에서 벗어나 찬란한 문명을 꽃피운 정신적 기반이다. 꽃에는 희망이 있다. 꽃을 사랑하는 사람은 희망의 힘으로 칠흑 같은 어둠을 이겨낸다. 패전의 아픔을 딛고 일어선 독일 민족이 그러했다.

제2차 세계대전 후 독일은 잿더미로 변했다. 한 사회학자가 조수와 함께 지하실에 사는 어느 독일 가정을 방문했다. 인터뷰를 마치고 돌아오는 길에 교수가 조수에게 물었다.

"저들이 재건할 수 있을 것 같은가?"

조수는 어려울 것 같다며 고개를 저었다. 그러자 교수는 반드시 일어설 것이라고 장담하는 것이었다. 조수가 까닭을 묻자 교수가 말했다.

"어두운 지하실 탁자 위에 생화가 꽂힌 꽃병이 있는 것을 보고 알았네. 국가적 재난을 당한 상황에서도 여전히 꽃 한 송이를 피우는 민족이라면 틀림없이 나라를 일으켜 세울 것이네. 아직도 희망을 믿고 있다는 뜻이거든!"

조수는 폭격으로 부서진 잿더미를 보았지만 교수는 꽃의 희망을 본 것이다. 희망만 있다면 미래는 얼마든지 바꿀 수 있으니까.

불황이 깊어지면 꽃의 수요가 줄고 황금을 좇는 복권 판

매량이 대체로 증가한다. 우리나라에서도 경기가 나빠질 무렵이면 복권 판매액이 늘었다는 뉴스가 심심찮게 등장한다. 반면 꽃가게는 졸업 시즌에도 썰렁할 정도로 점차 설 자리를 잃어간다. 하지만 어른들이 아이들에게 보여줄 것은 복권보다 아름다운 꽃이 아닐까. 상대에게 꽃을 주는 것은 아름다움과 희망을 선사하는 것이니 그만한 선물도 없다.

돈은 물질을 풍요롭게 하지만 꽃은 영혼을 풍성하게 만든다. 돈보다 꽃이다. 꽃을 아끼고 사랑하는 사람, 그런 넉넉한 영혼이 그리운 세상이다.

# 암스트롱이 달에서 본 것

자연은 인간에게 무한한 즐거움을 선사한다. 아무 조건 없이 공짜로 온갖 혜택을 제공하지만 그 고마움을 느끼는 사람은 별로 없다. 마치 당연히 받아야 하는 권리를 가진 것처럼 행동한다.

항상 내 곁에 있으면 그것의 소중함을 알기 어렵다. 막상 사라지고 나면 그제야 그 빈자리를 깨닫게 된다. 멀리 집을 떠난 뒤 가정의 온기를 여실히 느끼는 것처럼.

인류 최초로 달에 발을 디딘 닐 암스트롱에게 기자가 물었다.

"달에 가서 무얼 보고 오셨나요?"

"제가 사는 지구가 참 아름답다는 것을 보고 왔습니다."

놀랍지 않은가. 달에서 감탄한 것은 달의 경치가 아니라 지구의 풍광이었다는 사실이. 지구의 아름다움을 느끼기 위해 암스트롱처럼 지구 바깥으로 떠나야 할까. 그럴 필요가 없다. 세상을 보는 '나의 안경'만 바꾸면 되니까. 빨간 색안경을 끼고 보면 세상은 빨갛게, 파란 색안경으로 보면 세상은 파랗게 변할 것이다. 고운 눈으로 대하면 세상은 예쁜 꽃과 새소리로 넘칠 것이다.

하와이 사람들은 만나거나 헤어질 때 "알로하aloha!"라고 인사한다. '나는 지금 신의 눈앞에 있습니다'라는 의미이다. 나와 당신, 그리고 저 꽃과 바닷가 조약돌조차도 신이 창조한 신성한 존재라는 것이다.

신의 존재에 의문을 갖는 사람들이 많다. 신의 모습을 한 번도 본 적이 없으니 어찌 믿느냐는 것이다. 심지어 신이 있다면 기적을 통해 증명해 보라고 다그친다. 그들에게 들려주고 싶은 나의 말은 이것이다.

"나는 신을 한 번도 본 적이 없다. 하지만 내가 본 어떤 것도 신 아닌 것이 없다."

지금 눈앞에 펼쳐진 풍경들이 신의 증거물이다. 한 치의 어긋남이 없이 한 계절이 가고 한 계절이 온다. 갈바람에 억새가 은빛 춤을 추고 길섶에선 구절초의 꽃잎이 하늘거린다. 저녁노을을 등에 업은 직박구리가 은행나무 위에서 세레나데를 읊조린다. 이런 기적의 실존을 보고도 무슨 기적을 원하는가.

세상의 모든 것에는 신의 은총이 존재한다. 지금 나는 신의 눈앞에 있다.

행복은

# 밥 잘 먹는 것

고명한 종교 지도자에게 한 제자가 물었다.

"제가 이제 회사에 나가면 술을 안 마실 수 없는데 어쩌면 됩니까?"

그분이 말했다.

"일 때문에 그렇다면 어쩌겠는가? 먹어야지. 앞으로 천국이 되면 매일 먹고 마시고 노는 일뿐이야."

그런 뒤 그 자리에 모인 제자들을 향해 입을 열었다.

"너희들, 사람이 평생 밥을 몇 그릇 먹고 사는지 아느냐?"

아무도 대답하지 못했다.

"사람이 백 살까지 하루 세 끼를 빠뜨리지 않는다고 해도 10만8천 그릇밖에 못 먹어. 단명한 사람은 3만 그릇도 못 먹고 가지. 가난한 사람은 먹고 싶어도 못 먹어서 입이 달지. 부자는 먹을거리가 풍족한 대신에 입이 짧아. 행복은 별 거 아니야. 밥 맛있게 먹고 일 열심히 하는 거야."

사실 그렇다. 행복하기 위해서는 거창한 이론이 필요 없다. 기쁜 마음으로 밥을 먹고 하는 일이 즐거우면 그것이 행복인 거다.

생사의 지혜를 깨우친 부처도 다르지 않았다.

'식사 때가 되자 부처는 가사를 입고 발우를 들고 탁발을 하려고 사위성에 들어갔다. 그리고 성안에서 집집을 돌며 음식을 얻은 뒤 본래의 처소로 돌아와 식사를 하였다.'

금강경 첫머리에 나오는 구절이다. 사람들은 고개를 갸웃할 것이다. '지혜의 서'로 불리는 금강경이 고작 밥 먹는 일에서 시작하다니! 실망할 것까진 없다. 지극한 도나 행복은 밥을 먹고 일상의 업무를 행하는 평범한 곳에 있으니까. 만약 행복이 부처와 같이 고상하고 비범한 사람만 누릴 수 있는 것이라면 인류의 대부분은 불행할 수밖에 없을 것이다. 얼마나 다행한 일인가. 행복이 나무 꼭대기가 아니라 누구에게나 쉽게 손이 닿는 곳에 있다는 사실이.

행복은 소소한 일상에 존재한다. 그러므로 우리가 행복하지 못한 것은 세상이나 환경 탓이 아니다. 행복과는 거리가 먼 일에 눈독을 들이는 자신의 책임이다. 불행의 9할은 내 탓이다.

"인간은 자신이 행복하려고 스스로 결심하는 만큼만 행복할 수 있다."

숱한 고난을 딛고 위대한 대통령의 자리에 오른 에이브러햄 링컨의 경구이다.

수면제를 먹을 시간

늘 불면증에 시달리는 남편이 있었다. 수면제가 없이는 잠을 이루지 못했다. 그런데 어느 날 거실 소파에서 TV를 보다 스르륵 잠이 들었다. 그렇게 달콤한 잠에 빠지기는 처음이었다. 마침 거실에 나온 아내가 남편을 보고는 흔들어 깨웠다.

"여보! 수면제 먹을 시간이야! 그냥 자면 어떡해?"

벌떡 일어난 남편.

"아 참. 깜빡했군."

남편은 그제야 허겁지겁 수면제를 먹더란다. 한낱 유머이지만 깊은 속뜻이 있다. 우리 삶을 반추해보면 부부의 대화처럼 가치가 전도된 경우가 적지 않기 때문이다. 수면제는 잠을 자기 위한 수단에 불과하다. 그러나 수면제에 집착하면 잠이라는 목적 가치보다 수면제라는 수단이 더 중시된다. 수단이 목적을 압도하는 것이다.

성공과 행복의 관계도 그러하다. 성공은 행복이란 목적 달성을 위한 수단적 가치에 불과하다. 행복을 위해 성공이 필요하지, 성공을 위해 행복이 필요하다고 말하는 사람은 없으니까. 그런데 사람들의 실제 행동을 보면 정반대인 경우가 많다. 성공을 위해 행복을 희생하는 사람이 즐비하다. 마치 성공이 인생의 전부인 것처럼.

성공이 삶의 목적이 될 수는 없다. 당신이 열심히 노력해서 성공의 고지에 올랐다고 하더라도 거기에는 행복의 파랑새가 살지 않는다.

등산을 했던 경험을 떠올려 보라. 산꼭대기에는 대개 꽃과 나무가 없다. 매서운 칼바람이 불고 바위로 덮여 있기 십상이다. 행복의 파랑새가 둥지를 틀 환경이 못 된다. 더구나 정상에서 머무는 시간은 정말 짧다. 산에 오르는 이들은 훨씬 많은 시간을 등산로에서 보내야 한다.

행복은 정상이 아니라 그곳을 오가는 여정에 있다. 졸졸 거리는 시냇물, 길옆에 핀 들꽃, 나무 위에서 읊조리는 산새 소리…. 성공의 정상이 주지 못하는 행복감이다.

돈이나 사회적 지위가 행복에서 차지하는 비중은 그다지 크지 않다. 오히려 그것 때문에 행복이 훼손되는 경우가 허다하다. 정상을 향해 급히 등산을 서두르면 꽃을 보지 못하듯 성공에 과도하게 집착하면 '행복의 꽃'이 눈에 들어오지 않는다.

인생에서 길을 잃지 않으려면 행복이란 이정표를 놓치지 말아야 한다. 돈이나 성공 따위의 엉뚱한 팻말에 정신이 팔려선 안 된다. 잊지 마라. 종이비행기가 날아다니는 시간은 종이를 접는 시간에 비해 짧다는 것을. 행복은 가족들이 오손도손 종이를 접는 시간에 있다는 것을.

행복의

# 번호표

세상에는 딱 두 종류의 사람이 있다. 행복의 번호표를 뽑은 사람과 불행의 번호표를 뽑아들고 있는 사람. 전자는 자기 손에 든 것을 보는 사람이고 후자는 남의 손에 든 것을 보는 사람이다. 전자는 가진 것에 감사하는 사람이고 후자는 갖지 못한 것에 불평하는 사람이다. 전자는 만족의 미소가 입가에 머물지만 후자는 불만의 주름살이 눈가에 남는다.

행복의 반대말은 불행이 아니다. 불평이다. 불평의 어머니는 비교이다. 남이 가진 것과 비교하기 시작하면 자기 삶에 투덜대는 불평이 생겨나기 때문이다. 삶에 감사함을 느끼기보다는 불만족한 감정에 휩싸일 수밖에 없다.


얼굴이나 몸매 등 외모에 열등감을 많이 느끼는 사람이 누구인지 아는가? 못생긴 사람이 아니라 연예인이다. 학식에서 열등감을 심하게 느끼는 사람도 석박사 학위 소지자라고 한다. 그들은 분명히 보통사람보다 외모나 지식이 뛰어나다. 하지만 이런 객관적인 사실은 그들에게 별로 중요하지 않다. 자신이 비교 대상으로 삼는 주관적 기준에 더 영향을 받으니까. 그들은 자기보다 잘생기거나 박식한 사람과 계속 비교한다.

사람들은 자신의 행복을 위해 산다고 한다. 그러면서 기준은 자기보다는 남에게 맞추는 경향이 있다. 남과 비교해 자신의 행복을 끊임없이 저울질한다. 아우디 승용차를 산 사람이 벤츠를 구입한 이웃과 비교하는 식이다. 남의 것이 자기보다 좋고 많으면 자신의 행복감을 스스로 깎아내리는 것이다. 마음에서 행복의 샘물이 솟아날 리 없다.

프랑스 귀족 라로슈프코는 자신의 《잠언집》에서 이렇게 적었다.

'사람들은 자기 스스로 행복을 누리기보다는 남에게 행복을 보이기를 바란다. 남에게 행복해 보인다는 소리를 들으려고 애쓰지만 않아도 만족하는 것은 그리 어렵지 않다.

남이 행복하게 봐주기를 바라는 그 허영심 때문에 진정한
행복을 놓치는 사람이 정말 많다.'

당신이 지금 행복하지 않다면 세상 탓도, 남편이나 아내
탓도 아니다. 엉뚱한 번호표를 뽑고 기다리는 당신 책임이
가장 크다. 물론 살다 보면 당신이 기다리는 줄에 대기자가
많아 오랜 시간이 걸릴 수는 있다. 그러나 당신이 타인과의
비교를 멈추고 감사의 마음을 갖고 있다면 당신은 행복의
번호표를 뽑은 것이 확실하다. 그렇다면 당신에게 행복의
순번이 도래하는 것은 시간문제이다.

모든 날이
좋았다

TV 드라마 '도깨비'에 이런 말이 나온다. 주인공 공유의 명대사이다.

"너와 함께 한 시간이 모두 눈부셨다. 날이 좋아서, 날이 좋지 않아서, 날이 적당해서 모든 날이 좋았다."

연인의 가슴을 울리는 이 말은 삶을 대하는 태도에도 적용된다. 우리는 행복한 날이라면 햇빛이 반짝이는 춘삼월을 떠올린다. 생각해보라. 인생에서 그런 날이 과연 며칠이나 되겠는가? 그것만 행복이라면 우리의 행복은 매우 빈약해질 것이다.

드라마의 대사처럼 눈이 와도 좋고, 비가 와도 좋다면? 바람이 잔잔해서 좋고, 세차게 불어서 좋고, 햇볕이 있어 좋고, 날이 우중충해도 좋다면? 주인공 공유와 같은 사람이라면 아마 행복하지 않은 날이 없을 것이다.

옛날 중국의 운문 선사가 제자들에게 물었다.

"이미 지나간 15일 이전의 일은 너희에게 묻지 않겠다. 앞으로 맞을 15일 이후에 대하여 한 마디 일러 보거라."

아무도 대답하는 제자가 없자 선사가 말했다.

"일일시호일 日日是好日."

일일시호일은 '날마다 좋은 날'이란 뜻이다. 좋은 날은 좋은 마음에서 나온다. 길일이라도 나쁜 마음으로 남을 해하는 짓을 하면 흉일이 되고, 흉일도 따뜻한 마음으로 선한 일을 하면 길일이 되는 것이니 매일매일 좋은 날로 만들면서 살아가라는 가르침이다.

세상에는 좋은 일도 있고 나쁜 일도 있다. 그러나 똑같은 일이라도 각자 받아들이는 태도에 따라 다르게 느껴진다. 운전 중에 접촉사고가 나면 "오늘 재수 없네!"라고 푸념하는 사람이 있는 반면 이렇게 넘기는 사람도 있다.

"액땜한 셈 치지 뭐. 앞으로 조심하면 더 큰 사고를 막을 수 있잖아."

언제나 좋은 날을 맞이하기 위해선 긍정적인 자세가 필요하다. 밝은 쪽을 보려고 노력해야 한다. 지금 있는 곳이 비록 어두운 터널 안이더라도 터널 바깥의 태양을 떠올릴 수 있어야 한다.


행복은 꼭 기쁨만을 의미하지 않는다. 고난이 닥쳐도 그것에서 교훈이나 감사함을 얻는다면 그는 이미 행복한 사람이다. 그런 이에겐 세상은 늘 일일시호일이다.

진정한 행복이란 기쁜 일보다는 슬픈 일에 처했을 때 어떤 자세를 취하느냐에 달려 있다. 왜냐고? 좋은 일이 생겼을 때 기뻐하는 것은 어린아이도 할 수 있다. 하지만 그런 일이 하루 24시간 중에서 얼마나 되겠는가. 그냥 그렇고 그런 경우가 대부분일 것이다. 일상에서 빈번한 자동차 소리나 사람들이 걸어가는 모습을 보고도 흐뭇한 기분을 가질 수 있다면, 불행한 일이 닥쳐도 이내 마음을 추스를 수 있다면 당신은 언제 어디서나 행복할 수 있는 사람이다.


행복幸福의 幸은 좌우를 바꿔도 위아래를 뒤집어도 幸이다. 내 마음만 긍정으로 무장되어 있다면 어떤 상황이 오더라도 행복감은 사라지지 않을 것이다.

수험생들은 대개 시험 보는 날 아침엔 죽을 먹지 않는다. 죽을 쑬지 모른다는 걱정 때문이란다. 어떤 학생은 반대로 죽을 먹고 시험장에 간다. 식은 죽 먹듯이 시험을 보겠다는 의도에서다. 매사 생각하기 나름이다.

계단에서 넘어진 자는 계단을 짚고 일어나는 법이다. 넘어진 자에게 계단의 모서리는 걸림돌이지만 일어서는 자에겐 더 높이 올라가는 디딤돌이 된다.


정신의학자 조셉 머피는 "좋은 일을 생각하면 좋은 일이 생긴다. 나쁜 일을 생각하면 나쁜 일이 생긴다. 여러분은 여러분이 하루 종일 생각하고 있는 바로 그것이다."라고 말했다.

행복한 일을 생각하면 행복해지고 슬픈 일을 생각하면 슬

퍼진다. 세상 일이 불쾌하게 느껴진다면 당신이 불쾌한 기분 속으로 들어갔기 때문이다. 나의 인생을 좋은 날들로 채우고 싶다면 이렇게 외치면 된다.

"오늘은 정말 멋진 날이야! 멋진 일이 나에게 일어나고 있어!"

천국의

시험

교통사고로 죽은 남자가 하늘나라에 도착했다. 두 개의 커다란 문이 시야에 들어왔다. 문 앞 광장엔 심판을 받으려는 사람들로 북적였다. 가슴에는 저마다 선명한 숫자가 하나씩 새겨져 있었다. 이 남자의 가슴에는 '1'이란 숫자가 씌어 있었다. 궁금하게 여긴 남자가 문지기에게 다가가 물었다.

"제 가슴에 적힌 숫자가 뭡니까?"

"지상에서 네가 죽지 않기를 간절히 바라는 사람의 숫자라네. 숫자가 클수록 천국에 갈 확률이 높아지는 거지!"

비로소 숫자의 의미를 깨달은 그가 한숨을 쉬며 말했다.

"그래도 내가 안 죽기를 바라는 사람이 딱 한 명은 있군!"

그 한 사람이 누구일까 생각해보니 아내 외에는 달리 떠오르는 사람이 없었다.

"그렇게 많은 사람이 나를 생각하는 척하더니 결국 아내

한 명뿐이군. 이럴 줄 알았으면 아내에게 좀 더 잘 해줄 걸. 여보, 미안해. 당신 덕분에 천국에 갈 수 있을 것 같소. 행복하게 살다가 천국에서 다시 만납시다."

가만히 이 말을 듣고 있던 문지기가 소리쳤다.

"이 사람아! 그 한 명은 생명보험회사 직원이야. 한심한 사람 같으니라고."

인간으로선 죽어서 어떤 심판이 기다리고 있을지 알기 어렵다. 예화의 교훈은 하늘의 심판 같은 사후의 일에 있지 않다. '사는 동안 정말 사랑하는 사람이 얼마나 되느냐' 하는 지상의 문제에 있다. 삶이 숙연해진다.


고대 이집트 사람들은 천국에서도 시험을 친다고 생각했다. 시험관이 내는 문제는 딱 두 개이다. 이 질문의 대답에 따라 천국으로 갈지, 지옥으로 갈지 결판난다는 것이다.

"살아 있는 동안 진정한 행복을 누린 적이 있는가?"

"살아 있는 동안 다른 사람들을 행복하게 해주었는가?"

천국의 시험은 두 가지 의미를 내포하고 있다. 하나는 지상에서 행복하지 않은 사람은 죽어서도 행복할 수 없다는 것이다. 천상의 행복을 위해 지상의 고통을 감수해야 한다는 일부 종교의 주장은 허구라는 얘기이다. 이승에서 행복해야 저승의 천국이 보장되기 때문이다. 다른 하나는 타인에 대한 선행이다. 남을 행복하게 해준 사람만이 진정한 행복을 누릴 수 있는 까닭이다.

천국의 시험에는 벼락치기란 없다. 평소 지상의 삶에서 행복을 느끼고 주위에 그것을 나누어주어야 한다. 임종의 순간에 당신을 아는 사람들이 고마운 존재로 기억하게 하라. 생의 끝자락에 누군가 그대에게 물을지 모른다. 그대가 앉았던 자리는 진정 따뜻하였느냐?

# 복불오년

幅不五年

"내 인생은 왜 요 모양, 요 꼴일까?"

"나는 왜 부자들처럼 펑펑 돈을 쓰지 못할까?"

이런 식으로 자신의 처지를 한탄하는 사람들이 있다. 하지만 그것은 중대한 착각이다. 그들이 요 모양 요 꼴로 사는 것은 복권 당첨과 같은 행운이 찾아오지 않았기 때문이 아니다.

거액 복권에 당첨되는 순간 행복감은 하늘 높이 치솟을 것이다. 아쉽게도 그런 행복감은 결코 오래 가지 않는다. 얼마쯤 지나 행복감이 떨어지기 시작하고, 5년 후면 복권 당첨 이전의 상태로 돌아간다고 한다. 권불십년權不十年이 아니라 복불오년福不五年이다. 세상의 권세보다 더 짧은 게 복권의 기쁨이다.

복권과 같이 외부에 의존하는 행복감은 외부의 대상이 사라지면 함께 사그라질 수밖에 없다. 모든 것을 다 갖춘 부자나 높은 지위에 있는 사람들이 행복감을 지속적으로 유지하지 못하는 것은 이런 까닭이다.

외적인 환경이 행복에 미치는 영향을 부인할 생각은 없다. 다만 행복이란 '얼마큼 행복한 일이 내게 일어났느냐'라는 객관적 조건보다는 '얼마큼 내가 행복감을 느낄 수 있느냐'라는 주관적 역량에 더 좌우된다는 점을 말하고 싶을 따름이다. 외부의 사물은 행복의 필요조건이 될 수 있을지라도 충분조건은 되지 못한다. 행복을 결정짓는 최종 심판관은 결국 나의 마음이니까.


동화 작가 정채봉은 이런 글을 남겼다. '오늘 내가 나 자신을 가장 슬프게 한 일들이 뭐가 있을까' 하고 돌아봤더니 머릿속에 이런 생각이 떠올랐다고 한다.

꽃밭을 그냥 지나쳐 버린 일

새소리에 무심하게 응대하지 않은 일

밤하늘의 별들을 헤아리지 못한 일….


삶이 어렵다고 불행의 핑곗거리를 찾지 마라. 지금 당신이 행복해야 할 이유는 100만 가지도 넘으니까. 길섶의 씀바귀가 노란 꽃잎을 내밀 때, 이른 아침 가게의 커피향이 코끝을 간질일 때, 갓난아기가 해맑은 미소를 지을 때 행복의 파문이 가슴으로 밀려오지 않는가. 신께선 당신이 행복할 수 있도록 모든 것을 주셨다. 당신이 할 일은 오로지 신의 은총에 감사하고 누리는 것뿐!

니체가 쓴 《짜라투스트라는 이렇게 말했다》에는 이런 글이 실려 있다.

'행복을 위해서는 얼마나 작은 것으로도 충분한가! 정확히 말해 최소한의 것, 가장 부드러운 것, 가장 가벼운 것, 도마뱀의 살랑거리는 소리, 하나의 숨소리, 하나의 날갯짓, 하나의 눈짓…. 작은 것들이 행복을 이루고 있다. 침묵하라.'

행복은 감탄사이다. 일찍이 부처는 "감탄하는 것이 공덕 중 제일이라!" 했다. 세상 바깥에 천만 송이 철쭉이 피어 있은들 내가 아름다움을 느끼지 못하면 무슨 소용인가.

꽃처럼

# 과일처럼

대형마트에 가면 매장 입구에 꼭 과일이 놓여 있다. 어느 마트나 엇비슷하다. 마트마다 자기가 가장 팔고 싶은 상품을 앞쪽에 배치하면 될 텐데, 왜 그럴까? 거기에는 소비자들이 알아채지 못하는 고도의 상술이 숨어 있다.

마트의 맨 앞쪽에 과일을 배치하는 가장 큰 이유는 과일의 색상 때문이다. 과일이 지닌 화사한 색상과 먹음직한 빛깔을 보면 입안에 군침이 돈다. 기분이 좋아지고 발걸음이 가벼워진다. 마음속에서 물건을 구매하려는 쇼핑 충동이 일어나게 마련이다.

또 다른 이유는 과일이 계절의 변화를 알려주기 때문이다. '봄에 딸기, 가을에 홍시' 식으로 배치하면 소비자들은 자기도 모르게 봄옷이나 가을 옷을 장만하고 싶은 충동을 느낀다고 한다.

외국 마트에선 입구에 꽃을 주로 배치한다. 단순히 꽃만 팔려는 전략으로 생각해선 안 된다. 꽃의 밝은 색은 인간을 더 활동적으로 행동하도록 자극한다. 국내 마트의 과일처럼 사람들을 안으로 끌어들여 구매 행위로 이어지도록 하기 위한 마케팅 전략인 셈이다.

마트의 교훈은 우리의 인생살이에도 유효하다. 매장 입구에 배치한 꽃과 과일에 해당하는 것이 사람의 얼굴이다. 당신의 표정이 밝고 입가에 미소를 띠고 있다면 매장 앞에 꽃과 과일을 진열한 것이나 다름없다. 당신을 좋아하고 당신의 마음 안으로 들어오고 싶어 하는 사람들이 늘 것이다. 반대로 잔뜩 얼굴을 찌푸리고 있으면 당신을 가까이 하려는 사람은 갈수록 줄게 된다. 마트의 판매 전략으로 보자면 상한 과일을 가게 전면에 배치한 꼴이다.

사람들은 "왜 나에게 행운이 오지 않나?"라고 푸념한다. 한탄과 푸념은 상황을 호전시켜주지 않는다. 되레 일을 꼬이게 만드는 경우가 많다. 행운의 여신이 제일 싫어하는 사람은 불평꾼들이니까. 정말 행운을 원한다면 자신의 얼굴

표정부터 살필 일이다. 혹시 행운을 걷어차는 울상을 짓고 있진 않는지.

잊지 마라. 얼굴이 꽃처럼 활짝 핀 사람에게는 행운이 나비처럼 날아든다는 사실을.

# 친절도 음악이 된다

친절도 음악이 될 수 있다. 이 사실을 일깨워준 이는 젊은 여의사이다. 내가 치아를 치료하면서 만난 분이다. 예전엔 친절이라면 얼굴에 짓는 미소나 도움의 손길쯤으로 생각했다. 그런데 이 분을 알고부터 친절에 대한 사고의 지평이 넓어졌다. 친절은 항공사 승무원처럼 연습에서 나오는 상냥한 목소리가 아니라 가슴에서 공명하는 심장의 파동이라는 것을 알았다.

그분의 친절에는 음률과 고저장단이 있다.

"자, 입을 벌려보실까요~"

말꼬리 부분이 '솔' 정도의 높이까지 올라간다.

"아~아~아~"

통증을 동반한 환자의 신음소리가 아니다. 끝 쪽으로 갈수록 높아지는 의사의 음성 연주이다.

"잘 하셨어요."

"도와줘서 고마워요~"

이런 목소리 연주를 듣다보면 치아의 통증은 느낄 새가 없다. 치과에 가고 싶은 사람은 아마 없을 것이다. 나도 예전엔 그랬다. 그러나 그분의 연주를 듣고부터는 오히려 그 날이 기다려진다. 마치 음악회에 가는 것처럼.

목소리는 사람이 연주하는 최고의 악기이다. 우리가 말을 할 때에는 몸속 400개의 근육이 동원된다. 1초에 100번 이상의 성대 진동이 신체 내부와 공명을 일으켜 각자 고유의 음성을 만들어낸다. 이때 어떤 마음가짐으로 소리를 내느냐에 따라 음악도 되고 소음도 되는 것이다.

혹여 오해는 말라. 다른 환자에게도 똑같이 친절을 베풀고 있으니까. 그분은 친절한 말과 행동이 온몸에 배어 있었다. 치과 의사의 목소리 연주는 아무나 흉내 낼 수 없다. 인격의 고양 없이는 불가능하다.

불친절은 울퉁불퉁한 성격 탓이 아니다. 상대의 인격을 무시하는 태도에서 나오는 것이다. 만약 상대가 자기 회사의 사장이나 일국의 대통령이라면 그러겠는가.

달라이라마는 누가 종교에 관해 묻자 "나의 종교는 바로 친절이다."라고 말했다. 친절을 사랑의 실천이자 종교적 수행으로 여긴 것이다. 그는 "모든 종교의 목적은 바깥에 큰 사원을 짓는 것이 아니라 우리 가슴속에 선한 마음과 친절의 사원을 짓는 것이라고 생각합니다."라고 했다.

당신은 지금 어떤 사원을 마음에 짓고 있는가.

할머니의
일기

행복한
동행에서

한 할머니가 온화한 표정을 짓고 있다. 수많은 곤란을 겪어 왔을 텐데도 그녀의 얼굴에는 불안과 고민의 그림자가 없었다. 어느 날 할머니의 친구 한 분이 그 비결을 물었다.

"어떻게 매일 그렇게 행복해 보이지?"

"그건 '기쁨 일기'를 쓰기 때문이지."

"뭐라고?"

"오래 전부터 아무리 우울한 날이라도 뭔가 기쁜 일, 즐거운 일이 있다는 걸 깨달았지. 그래서 사소한 기쁨이라도 일기에 적기로 마음을 먹었어. 특별히 대단한 걸 적은 건 아니야. 새 옷을 샀다. 친구들과 수다를 떨었다. 남편이 친절하게 대해 주었다. 들판을 산책했다. 편지를 받았다. 꽃이 아름답게 피었다. 음악회에 갔다. 재미있는 책을 읽었다. 남편과 드라이브를 했다. 이런 이야기들로 매일 일기를 써왔어. 힘든 일이 생기면 이 일기를 꺼내 읽지. 그러면 나는 정말 행복한 사람이라고 느껴져. 한 번 읽어볼래?"

친구는 일기장을 받아 읽어보았다.

'어머니로부터 반가운 편지를 받았다. 창가에 아름다운 백합이 피었다. 잃어버린 핀을 찾았다. 거리에서 행복해 보이는 여자아이를 봤다. 밤에 귀가한 남편이 장미꽃을 선물해 주었다.'

그밖에 자신이 읽었던 책들에 관해 적혀 있었고 일기장은 아름다운 것, 진실한 것으로 가득 차 있었다.

"정말로 어떤 날에도 기쁜 일을 찾아낼 수 있어?"

친구가 묻자 할머니가 힘주어 말했다.

"물론, 어떤 날에도!"


〈우먼 홈 콤파이언〉이라는 미국 잡지에 실린 글이다. 할머니의 행복 비결은 간단하다. 언제나 삶을 즐겁고 기쁘게 받아들이라는 것이다. 할머니에게도 슬프고 힘든 날이 많았다. 몸이 아프거나 돈이 없어 쩔쩔 맬 때도 있었고 가족이 먼저 세상을 뜬 적도 있었다. 그런 날에도 할머니는 빠짐없이 기쁨 일기를 썼다.

할머니의 이야기를 들으면 행복도 능력이라는 생각이 든다. 주변의 사물에서 기쁨을 발견하는 능력! 인간의 능력 중에서 돈을 벌고 출세하는 능력도 필요하지만 행복할 수 있는 능력만큼 중요한 게 또 있을까. 사람들은 모두 행복이 인생의 목적이라고 얘기한다. 그런데 왜 행복 능력은 키우려 하지 않는 걸까.

도스토옙스키는 "행복이란 누가 주는 것이 아니라 스스로 찾는 것"이라고 했다. 행복은 주어진 현실에서 아름다움을 발견하는 능력에 달려 있다.

기쁨의 소재들은 우리 주위에 무수히 널려 있다. 할머니처럼 마음의 눈만 뜬다면.

어미라서

고마웠네

죽음을 앞둔 어미는 지그시 눈을 감았다. 온 영혼으로 사랑하는 자식들의 모습을 떠올렸다. 그러고는 펜을 들어 간절한 심정을 또박또박 글로 옮겼다.

"자네들이 내 자식이었음이 고마웠네. 자네들이 나를 돌보아줌이 고마웠네."

늙은 어미는 자신의 병치레를 돌봐준 자식들에게 가장 먼저 고마움을 표했다. 입가에 엷은 미소를 띤 채 장성한 자식들과의 옛 추억을 하나하나 마음으로 불러냈다.

"자네들이 세상에 태어나 나를 어미라 불러주고, 젖 물려 배부르면 나를 바라본 눈길에 참 행복했다네. 지아비 잃어 세상 무너져, 험한 세상 속을 버틸 수 있게 해줌도 자네들이었네."

일찍 남편을 암으로 떠나보내고 35년 동안 수절을 해왔지만 어미의 가슴에는 한 점의 섭섭함도 남아 있지 않았다. 오

로지 자신의 임종을 지켜준 자식들에게 고마움을 전할 뿐이
었다.

"병들어 하느님 부르실 때, 곱게 갈 수 있게 곁에 있어줘
서 참말로 고맙네. 자네들이 있어서 잘 살았고, 자네들이
있어서 열심히 살았네."

어미는 맏딸과 세 아들을 일일이 부르며 위로의 말을 건
넨 뒤 '고맙다. 사랑한다. 그리고 다음에 만나자. 2017년
12월 엄마가'라며 글을 맺었다. 이승의 인연을 내생으로 이
어가길 소망한 것이다.

이 글은 광주에서 난소암으로 세상을 떠난 78세 나모 할
머니의 유서에 담긴 내용이다. 단 14줄짜리 글이었지만 세
상의 어느 글보다 길었다. 노모의 자식 사랑은 바다보다 넓
고 깊었다.


민물에 사는 우렁이는 자신의 살을 먹여 새끼를 기른다.
새끼는 어미 우렁이의 살을 파먹고 자란다. 어미에게는 지
독한 아픔도 사랑이었다. 어느덧 새끼가 클 무렵이면 어미
는 살이 다 없어지고 껍질만 남아 물위에 둥둥 뜬다. 빈껍

데기로 변한 어미의 육신은 흐르는 물살에 말없이 떠내려
간다.

　자식에게 모든 것을 내어준 광주의 노모는 영락없는 우
렁이다. 노모의 가슴은 아마 텅 비어 있을 것이다. 자식을
향한 끝없는 사랑 외에는….

**소소하지만 확실한 행복**

©배연국, 2018

**초판  1쇄 발행**   2018년 7월 17일
**초판 10쇄 발행**   2019년 9월 17일

**지은이**   배연국
**펴낸이**   이경희

**발행**   글로세움
**출판등록**   제318-2003-00064호(2003.7.2)

**주소**   서울시 구로구 경인로 445
**전화**   02-323-3694
**팩스**   070-8620-0740
**메일**   editor@gloseum.com
**홈페이지**   www.gloseum.com

ISBN   979-11-86578-49-0 03810 (값 14,000원)

• 잘못된 책은 구입하신 서점이나 본사로 연락하시면 바꿔 드립니다.